Robert McLellan was born in 1907 at the farm of Linmill
in the Clyde valley near Lanark. Young Robert was to
spend some of his formative boyhood days a on holiday at
this farm—run by his grandparents—and these experi-
ences formed the basis of the 'Linmill' stories.

Educated at Bearsden Academy and Glasgow University,
Robert McLellan dedicated himself to writing Scots for
the stage. His first one-act play, *Jeddart Justice*, a comedy
based on the old Border feuds of the sixteenth century,
was produced by the Curtain Theatre, Glasgow, in 1933.
McLellan's first full-length work, *Toom Byres*, (1936),
took the same subject, followed a year later by his
best-known and most popular play, the 'historical com-
edy' *Jamie the Saxt*. McLellan married Kathleen Heys in
1938 and they moved to the Isle of Arran. When war broke
out McLellan joined the Royal Artillery, and during the
1950s and 1960s he was active in local politics and as a
proponent of Scots in the League of Dramatists, the
Society of Authors, and the Lallans Society.

Among McLellan's best-known plays, *Torwatletie* (1946)
and *The Flouers o Edinburgh* (1948) are set in the
eighteenth century, while *Young Auchinleck* was per-
formed at the Edinburgh Festival in 1962 and shown on
television the following year. The 'Linmill' stories were
written for radio between 1960 and 1965, while a long
poem 'The Arran Burn' was televised in 1965. Another
poem, 'Sweet Largie Bay', was awarded an Arts Council
Poetry prize in 1956, and his book on the Isle of Arran was
published in 1969. With sixteen plays for the stage and five
radio plays to his name, Robert McLellan was awarded the
OBE and was made honorary president of the Scottish
Society of Playwrights in 1975. He died in 1985.

Robert McLellan

LINMILL STORIES

Introduced by J. K. Annand

CANONGATE
CLASSICS
28

This collected edition first published as a Canongate Classic in 1990 by Canongate Publishing Limited, 17 Jeffrey Street, Edinburgh EH1 1DR. Copyright Mrs Kathleen McLellan 1990. Introduction copyright J. K. Annand 1990. Robert McLellan's 'Linmill' Stories have previously appeared separately in magazine form in *Lallans*, *Chapman* and *Akros*.

The publishers gratefully acknowledge general subsidy from the Scottish Arts Council towards the Canongate Classics series and a specific grant towards the publication of this title.

Set in 10pt Plantin by Hewer Text Composition Services, Edinburgh. Printed and bound in Denmark by Norhaven Rotation.

Canongate Classics
Series Editor: Roderick Watson
Editorial Board: Tom Crawford, John Pick

British Library Cataloguing in Publication Data
McLellan, Robert, *1907–1985*
Linmill stories.—(Canongate classics)
I. Title
823.912

ISBN 0-86241-282-X

Contents

Introduction . . . . *page* vii

1. The Pownie 1
2. The Kittlins 9
3. The Mennans 17
4. The Donegals 27
5. The Daftie 36
6. The Saubbath 45
7. The Robin 54
8. The Trap 63
9. The Ringlets 71
10. The Auchenheath Races 80
11. The Spree 88
12. A Drive to Lanark 98
13. The Trace Horses 108
14. The Shelties 115
15. The Shed 123
16. The Carlin Stane 131
17. Sunnyside 140
18. The Black Stallion 151
19. The Aipple 159
20. The Nest 169
21. The Creddle Knot 177
22. The Shuilfie 186
23. The Communion 193
24. The Falls Brae 201
    Glossary 211

Introduction

Scots had been the accepted language, and in official use until the mid-sixteenth century. Its status began to decline with the Reformation, and it progressively lost prestige after the Union of the Crowns in 1603 and the Parliamentary Union in 1707. As a literary language it flourished in the work of Henryson, Dunbar and Lyndsay, and it never ceased to be used for poetry. Literary prose, however, virtually disappeared. It was kept alive by its use for dialogue in works of fiction by such authors as Walter Scott, John Galt, D.M. Moir, and J.L. Waugh. Even so, continuous and consistent Scots narrative prose is found in only one short story (*Wandering Willie's Tale*) by Walter Scott, and in two tales (*Tod Lapraik* and *Thrawn Janet*) by R.L. Stevenson.

In our time Robert McLellan has brought a new dimension to writing in Scots. His poetry is of considerable merit, though small in quantity and little known. His long poem for radio, 'Sweet Largie Bay', however, won the Scottish Arts Council Poetry Award for 1956. He is best known for his plays, written between 1933 and 1967, and performed until this day. *Jamie the Saxt* and *The Flouers o Edinburgh* are the most popular and most frequently performed of his plays.

Our main concern, however, is with the twenty-four Linmill stories here printed. They were mostly written for radio and were broadcast between 1960 and 1965. A few were published in various small, mostly short-lived, magazines. In 1975 I learned from Robert McLellan that most of his stories had never been printed, so in issue number four of *Lallans* I published 'The Robin' and over the following years thirteen of the twenty-four stories were printed in that magazine. Robert was very co-operative.

A script was always available, but if there were stories to hand from new or younger writers he was content that his story should lie over till the next issue. He insisted on reading proofs himself as he had found some editors were not familiar with his spelling of Scots. (He was also concerned about producers and actors who were unfamiliar with Scots pronunciation.) When I gave up the editorship I wrote to thank him for his kindness and generosity. With characteristic modesty he replied: 'You keep thanking me for giving you my stories to print. It should be the other way round. And I do thank you for printing almost all those which had not before appeared in print. Without your help they would never have been presented in a form accessible to such of posterity as might be interested.' Then as an afterthought which showed the humility of the man, he added, 'I'm being gey bumptious.'

Six of his stories were published in booklet form in 1977 by Akros, but this is the first time the complete series has been made available.

There is always a danger that people reading fiction (or verse) will believe that the writer is being autobiographical. So far as the Linmill stories are concerned there is no doubt that a great deal of the narration is based on fact. In the days before maternity hospital facilities were readily available, young mothers customarily returned to the parental home for the lying-in. Elizabeth Hannah, wife of John McLellan, travelled from her home at Milngavie to have the birth at Linmill. The place is nowadays spelled Linnmill, but Robert McLellan always insisted that it was named after a mill for the dressing of lint (flax) and had nothing to do with the linns or falls of Clyde as he explains in the story 'Sunnyside'. His grandparents worked the farm, typical of the area, for its fruit crops, and Robert did spend most of his holidays at their home. His experience of living in a rural area made a lasting impression on him, and when he married Kathleen Heys in 1938 they first rented and later bought the cottage at High Corrie in Arran in which Mrs McLellan still lives. For the rest of his life he made a living with his pen, eked out by the produce from his garden and his bee-skeps. Kathleen declares that Robert enjoyed working alone in his garden; it was the place where he did his thinking.

Another influential aspect of his holidays at Linmill was his love of ponies as described in 'The Pownie' and several other stories. When he was in his sixties and working on his authoritative topographical and historical book *The Isle of Arran* he suffered from *angina pectoris*; to visit remote archaeological sites he took up horse-riding again, which made it possible for him to traverse difficult country.

For his poetry, his plays and his stories he deliberately chose to write in Scots. He did write two short stories in English, one of which was printed; the other he tore up because he realised that he was much more effective in Scots than in English. His Scots is firmly based on his native Lanarkshire, but is free of the tendency of dialect writers to exaggerate the spelling. McLellan's spelling is remarkably consistent, and as is the case with his literary predecessors who wrote what might be considered a 'standard' Scots, his prose is easy to read.

The stories do give a remarkably accurate picture of life in rural Scotland in the early years of this century, and are indeed useful as a starting point for the changes that have taken place in social life. The fact that the young Robert spent his holidays in the home of his grandparents will not surprise anyone of my generation. In those days tradesmen were paid strictly for the hours worked. There was no holiday pay, and the only way children could be given a holiday was to send them for a spell with a grannie or an auntie. The stories remind us too that farming was at times labour-intensive and casual workers such as married women and even school-children were employed. The story of 'The Donegals' refers to the common use of low-paid imported labour, especially from Ireland. 'The Daftie' and some other stories recall the exploitation of mentally handicapped men and women, cheap and convenient for both the farmer and the public authority responsible for their care. Then there was the bothy system, but that too is no longer with us in these days of mechanised farming.

Strict Sunday observance today is found mainly in the northernmost Western Isles, but 'The Saubbath' accurately describes a situation that was common in lowland Scotland also. I vividly remember how my Lesmahagow grandfather gave me a flyting for whistling on the Sabbath.

In 'The Auchenheath Races' we have a description of how the young colliers took seriously their 'pedestrian' training for the races at the local sports day. Other pastimes mentioned in the stories include fishing, and throwing quoits, and we are told how the young laddies emulated their elders in a make-shift way with old horseshoes for quoits. Reading the Linmill stories reminds me of my own schoolboy holidays at my grandparents in Lanarkshire—guddling for trout and on occasion fishing with the worm when allowed to accompany an uncle; doukin in the pools of the River Nethan; organised runs with our iron girds; getting hurls on carts and rick-lifters; herrying wasp bykes; whiles helping the farmer in the byre or feeding the calves in their paddock. Young Robert did all these things at Linmill too, but he has presented his multifarious activities in fictional form with a skill that arouses our interest and holds our attention.

As I noted earlier in this introduction, most writers confined their use of Scots to recording dialogue. McLellan conveys the speech of both children and adults accurately but he also has long swatches of description or narration where he uses a rich mixture of Scottish idioms and vocables. It is refreshing to note how he reverses the usual practice of English narration and reported Scots speech. In 'The Black Stallion' for example we have this passage:

> Fred Jubb was warkin at the harness, but as sune as he tried to lowse the belly-band the stallion liftit its heid and tried to rise.
>
> 'Will one of you sit on its head?' askit Fred. He was an Englishman.

The substance of the stories however is not restricted to the activities and interests of the laddies. The affairs and thoughts of adults seventy-odd years ago also find a place. Following the work and observations of Rab's grandfather will give an accurate account of fruit-farming in the area between Kirkfieldbank and Crossford where the practices are much the same today.

Several of the adults in these stories are memorable people. Rab's grannie is a real 'character' and the giff-gaff with her husband, with the occasional plea from the boy, make an interesting study, illustrated almost entirely by conversation. Fred Jubb the horse-breaker, Tam Baxter the neighbouring farmer, Paddy and Kate O'Brien from Donegal, and the two contrasting 'polis' at Kirkfieldbank and Lanark, all help to widen the scope of these stories beyond an account of mere boyish on-goings.

The publication of this volume in the Canongate Classics will be welcomed by many admirers of Robert McLellan's work. They will now be able to place alongside his work as poet and playwright the full extent of his achievement as a writer of short stories. There can now be no doubt that he will be recognised as the greatest writer of Scots prose in the twentieth century.

J. K. Annand

LINMILL WAS A FRUIT ferm in Clydeside, staunin a wee thing back frae the Clyde road aboot hauf wey atween Kirkfieldbank and Hazelbank, close to Stanebyres Linn, ane o the Falls o Clyde the tounsfolk cam to see, drivin doun frae Hamilton in fower-in-haund brakes, whan the orchards were in flourish in the spring.

My grannie and granfaither bade in Linmill, and my minnie took me there for aa my holidays. I had been born there, my minnie said, and I wad hae been gled neir to hae left it, but that couldna be. My faither had his business in a toun.

It's queer that I can hardly mind a haet aboot the toun whaur I bade in my bairnhood, whan I can mind ilka blade o the Linmill grass. Ein whan I'm lost in the praisent, and the ferm seems forgotten lang syne, things like the taste o a strawberry, or the keckle o a hen whan it's laen an egg, can bring the haill place back.

Juist the ither day I had a drink o soor douk. That brocht the ferm back tae, for juist by the scullery door, on yer wey oot frae the kitchen, there was a soor douk crock wi a tinnie hingin frae a nail abune it, and whan ye wantit a drink ye dippit in the tinnie and gied the milk a steer, and syne helpit yersell. Syne ye syned the tinnie at the back entry, and pat it back on its nail.

I wasna juist shair o that scullery. The ae winnock that gied it licht was sae smoored wi ivy that the place was eerie, and whan I gaed in for a drink o soor douk I keekit ower my shouther aye for bogles, and whiles it was hard no to think that bogles were there, for there were twa hams and a roll o saut fish hinging frae cleiks on the ceilin, and whan ye saw them black against the licht they were haurdly cannie.

But I couldna keep oot. There was a muckle bunker alang

the waa neist the kitchen, for hauding pats and pans, and that had a raw o drawers in it, and I wonert aye what was in them; and on the ither side, against the waa neist the stable, there was a wuiden stair, wi a press aneth it for hauding besoms, and that stair drew me tae. I gaed ower to the fute o it whiles and lookit up, but there was nocht to be seen. It was as black as the inside o the press aneth it, and that was as black as nicht.

Ae wat day, it was on an Easter holiday, I was sittin by the winnock at the back o the kitchen lookin oot on the closs, feeling gey dowie, for I wantit to be oot and aboot wi my grandfaither, and my grannie wadna let me. The closs was dowie tae, for there was naething to be seen bune draps o rain jaupin aff the causies, and the hens in the cairt shed at the faur end, roostin on the tail brods o the cairts, and giein a bit girnie keckle whaneir ane o them wantit a wee thing mair room, and tried to dunch its neibors ower a bit.

I had gotten tired watchin the hens, and was thinkin o turnin roun and askin my grannie to let me mak a wee scone at the side o the brod, for she was bakin, whan I heard the dug barkin at the closs mou, and my grandfaither cam in frae the yett. My hairt gied a lowp, for I thocht he micht be comin inbye and wad let me play wi his watch, but he lookit up at the lift for a while and syne gaed into the stable. I turnt to my grannie.

'Can I gang oot to the stable, grannie?'

'Bid whaur ye are. The horse wad kick ye.'

'My grandfaither's there.'

'He'll be ower thrang to bother wi ye.'

'I waad staun at the door.'

'Content yersell. Yer grandfaither'll be in for his tea sune.'

I was gey near stertin to greit when the ootside door o the scullery opened, and I heard the clump o my grandfaither's buits. I ran through at ance to get a lift on his shouther, but he wasna for comin ben. He had gane to ane o the bunker drawers. My een fair gogglet.

'What are ye lookin for in there, grandfaither?'

'A gullie.'

'What for dae ye want a gullie?'

'I'm mendin the harness for ane o the cairts.'

'Can I watch ye?'

'Ay, ay.'

'What else is there forbye gullies?'

'Juist odds and ends.'

'Can I hae a look?'

'Na, na, ye'll taigle me. Come on, I'm gaun up to the bothy.'

He shut the drawer and turn to the fute o the wuiden stair. I was puzzled a wee, for aa the bothies I kent o were the barn and the garret abune the milk-hoose, whaur the Donegals and their weemen-folk sleepit in the simmer whan they cam to pou the strawberries.

'What bothy, grandfaither?'

'The bothy up here.'

I keepit weill ahint him, for I was feart. My grannie had aye telt me there was a bogle up the stair.

'Is there a bothy up there?'

'Ay, for the kitchen lassies, but we dinna hae ony nou.'

I kent that, for it was Daft Sanny that gied the help in the kitchen.

'Had the kitchen lassies flaes?'

I was still feart to follow, because I had aye been telt no to gang near the ither bothies for fear o flaes.

'Na, na, come on up.'

I gaed up the first wheen steps wi my hairt dingin, but whan I had taen the turn to the richt I felt no sae feart, for my grandfaither had opened the door at the tap, and through it I could see a bricht wee garret wi a bonnie paper on its was, aa yella roses like the anes my minnie had plantit roun at the front whan she was a lassie.

I followed my grandfaither in, and lookit roun, haudin on to the tail of his jaiket just in case. But I had nae need to fear. It was a lichtsome wee room: bare a wee, for the two built-in beds werena made up, and there wasna a stick o plenishin. I likit the skylicht, though, and the paper wi the yella roses, and wonert if my grannie wad let me come up nou whiles and play at hooses. Then I gat roun fornent my grandfaither and saw that there were twa sets o harness hingin frae airn cleiks aside the door. He was takin the bit aff ane o them, a coorse cairt-horse set, but I didna pey muckle heed. The ither set had taen my braith awa.

It was like toy harness, it was that wee, and it had sic a polish on it ye wad hae thocht it was new frae the saiddler's. The brecham and blinkers had a gloss like my grandfaither's lum hat, and the rings for the reyns glissent like siller. The reyns themsells were sae delicate ye wad hae thocht they couldna haud.

'What harness is that, grandfaither?'

'It was harness we had for yer mither's pownie.'

'Had my minnie a pownie?'

'Ay.'

'Whan?'

'Afore she mairrit yer daddie.'

I began to wish she hadna mairrit my daddie.

'It maun hae been gey wee, the pownie.'

'Ay, it was wee.'

'Was it a sheltie?'

'Ay.'

'What did she drive it in?'

'The bogie.'

'Bogie?'

'Ay, it's in the cairt shed.'

'I haena seen it.'

'I wadna woner. It's awa at the back.'

'What's it like?'

'It's juist a bogie. A wee kind o cairt affair for gaun jauntin in.'

'Juist like the gig?'

'Na na, the twa saits are ower the wheels and rin back to front, an there's a wee door in the back, wi an airn step up to it.'

'Can I see it?'

'Ay, if the rain's aff. Come on and we'll see.'

I followed him doun and oot through the scullery to the back entry, whaur the pails o clean watter stude that Daft Sanny cairrit frae the waal. The rain wasna bad. He gied a cry to my grannie.

'I'm takin Rab oot to the shed.'

'Aa richt, but see he doesna get wat.'

'Ay, ay.'

We crossed the wat closs and gaed ower amang the hens. They flew awa skrechin to the midden and left the shed fou o feathers. My grandfaither gaed through atween the cairts and shiftit the reaper to mak a wey for me. Syne he shiftit the big wuiden plew that he used in the winter for clearin the snaw aff the roads. I hadna seen it for a gey while, for Yule had been green that year. He had an unco job, shiftin that plew, but in the end he gat it oot o the wey and telt me to come on. It wasna easy to see at the back, for the stour in the place wi the hens aye scartin ticklet my nose and gart my een watter, but I gropit my wey ower aside him and felt for his jaiket tail.

'That's it, then.'

I blinkit like a bat. I could mak oot naething.

'I canna see it.'

'There, see, fornent ye.'

I gied my een a dicht and lookit hard, and shair eneuch there was the bogie. It was juist like ane I had seen afore at Fred Jubb the horse-brekers, whan he was brekin in shelties, but Fred had caaed it something else. He was an Englishman, Fred, and hardly used oor names for onything.

It was ower daurk for me to see the haill o the bogie, but by the wheels it was gey wee, juist a match for the harness in the scullery bothy. I lookit up at my grandfaither.

'Could ye no pou it oot into the closs, Grandfaither, and let me hae a richt look at it?'

'Na na. I wad hae to shift the haill shed.'

'But I want to gang inside and let on I'm drivin it.'

'It'll be aa stour. I wad hae to wash it. I'll fetch it oot efter, mebbe.'

'Whan?'

'Seterday comin.'

'But that's a haill week, nearly.'

'Ye'll hae to content yersell. I'm ower thrang the nou. I'll hae to gang to the stable.'

'Let me come tae.'

'Na na. Awa back to yer grannie.'

I tried no to greit, but my een were wat afore I gat oot o the

shed, and whan he made for the stable I stertit to bubble.
He turnt and liftit me.

'Dinna greit, man. Dicht yer een wi that.'

He gied me his big reid spottit hankie and cairrit me
ower to the stable.

I sat on the cornkist aside him while he gaed on wi his
wark. I was feart to speak in case he wad send me back to
the hoose again, but efter a while he stertit himsell.

'It'll be a guid bogie that yet. It was gey near new whan
we bocht it, and it hasna been ill used.'

'Did my minnie drive it aa by hersell?'

'Ay. She gaed to Kirkfieldbank in it for the messages.'

'Whaur did her pownie gang?'

'We selt it.'

'Could ye no buy it back?'

'I dout no. I dinna ken whaur it is nou, and it'll be
gey auld.'

'Could ye no buy anither?'

'Ye'll hae to speir at yer grannie aboot that, I dout.'

'Can I speir at her nou?'

'Ay ay. Awa wi ye.'

I ran roun and back into the kitchen. My grannie wasna
in and there was a smell o scones burnin. I ran through into
the lobby. She was at the front door wi Willie Mitchell, the
packman frae Kirkfieldbank. He had his big black boxes
open on the step and was tryin to coax her to buy a dickie.
My grandfaither wore a dickie at the kirk.

I poued at her apron.

'Yer scones are burnin, grannie.'

'Mercy me, I had forgotten them!'

She ran awa back in. Willie Mitchell pat back the dickies
and liftit oot a wee broun guernsey.

'Hou wad ye like that, Rab?'

I gied him a guid glower. I didna like him. Afore Yule he
had selt my grannie twa pairs o thick worsit combinations
for me, pink like my grandfaither's drawers, and they were
that itchie they had speylt my haill holiday.

'I hae aa the guernseys I need.'

'Ye haena ane like that.'

'I dinna want it.'

I turnt and gaed up the stairs to the landin, oot o his way, and syne into the paurlor. That was anither place I couldna keep oot o, for there was a gless case there abune a kist o drawers wi a tod in it staunin on a stane, and aneth there was a rabbit, lookin gey feart, and ahint the rabbit a weasel wi a bad look in its ee. I wantit aye to hit the weasel ower the back wi a stick, but I wad hae broken the gless.

I dinna ken hou lang I stude in the paurlor, but afore I cam oot I had forgotten the weasel athogither, and was thinkin o the harness, and the bogie, and my minnie's pownie. I keepit wishin Willie Mitchell hadna come alang and speylt my grannie's bakin.

I heard the front door shut and gaed ower to the winnock. The packman gaed doun the Stanebyres side o the front orchard and took the Clyde road for the Falls. I creepit doun the stairs and back into the kitchen. My grannie was rollin anither scone.

'Grannie?'

'Awa and play. I'm taiglet.'

'I want to ask ye something.'

'Awa and play, I tell ye!'

I didna like her whan she spak like that. It aye made me want to gang hame to my minnie. But I didna greit. I gaed into a corner and had a wee dwam, and in the dwam I drave the bogie to Kirkfieldbank for the messages, the same as my minnie had dune.

Whan my grandfaither cam in for his tea my grannie was still crabbit, and I didna daur speak, and efter we had aa dune I was putten to my bed in the truckle by the kitchen closet, and whan the lamp was lichtit I gaed to sleep. Afore I dozed aff, though, I heard him sayin he was gaun to Lanark in the mornin to the mercat to buy a quey in cauf, and she telt him to be shair and no come hame fou. He was queer whan he was fou, my grandfaither, and my grannie aye yokit on to him, but I likit him fou weill eneuch, for he aye gied me bawbees.

It was wat the neist day again, and I had anither dowie time o it, inbye, playin wi this thing and that and aye turnin tired o it, and wonerin whan my grandfaither wad come hame. Sanny and the ither daft men had their denner at the side table and gaed awa oot to saw wuid in the auld byre again, and still he didna come, and my grannie and I sat doun to oor kail withoot him, my grannie wi her lips ticht, for she was beginnin to ken he wad be fou.

It faired whan we had feenished and I grew cheerie, for I kent that gin he was fou I wad hae siller to ware, and I thocht that gin it bade fair I micht be alloued alang to the shop at the Falls for a luckie-bag. I gaed doun the Kirkfieldbank side o the front orchard and played at the road-end, aye lookin oot for him, but there was nae sign o him aa efternune, and I gaed through the hedge into the orchard and huntit for auld nests I had kent in the simmer. Syne my wame began to rummle and I gaed inbye and priggit at my grannie for a piece.

She was in gey ill fettle by that time, and flytit me sair for the glaur on my shune, but she spread me a haill muckle scone wi reid-curran jeelie. And nae suner had she haudit it ower than my grandfaither cried my name frae the back entry, and we baith kent by his cry that he was fou by the ordinar.

I didna rin oot, for I didna feel shair o him, and truith to tell whan he cam in frae the scullery he had a look in his ee like the lowe of a caunle. He stachert forrit and pat oot his haund.

'Gie me yer piece, Rab.'

I took haud o my grannie's apron and grippit my piece ticht, but he played grab at it and poued awa hauf o it. Syne he gaed to the door and held it oot, and in cam a wee black sheltie.

He had bocht me my pownie.

I lookit to my grannie for fear she wad be mad, but the sheltie was sic a bonnie wee craitur, and sae dentie wi its piece, that she hadna the hairt.

'Ye muckle big sumph,' she said.

THE STEADIN AT Linmill was ane o the auld-farrant kind gaun back to the days whan fermers likit to hae aa their gear and stock safe at nicht ahint a lockit yett. The hoose and biggins lay in a square roun a cobblet closs, and save for the hoose front door there was nae wey in bune a wide entry in the middle o the lang biggin on the sooth side o the square. The rufe of this biggin ran its haill length, but the biggin itsell was dividit into twa ends, a stable and a byre, wi the entry atween, and the entry gat the name o the closs mou. It was on the ootside o the closs mou that the muckle yett stude, and it and the hoose front door were lockit ilka nicht by my grandfaither, drunk or sober, afore he gaed to bed.

The closs mou was a grand place for a bairn on a wat day, no juist for its rufe and the shelter it gied frae the rain, for the same wad hae been true o the barn and the cairt sheds. The barn could be desertit for weeks, though, and the cairt sheds, save by the hens, for days, but the closs mou, gin there was ony wark daein aboot the ferm at aa, gat aye its share o the steer.

No, mind ye, that it wasna a grand place ein on the Saubbath, whan aa wark was sinfou and the closs lay as still as daith, and if there was eir a luckie Saubbath whan it was ower wat to gang to the kirk, though sic came but seldom, it was aye to the closs mou that I gaed to play. For if I wantit to be by my lane, and I did aye on the Saubbath, wi the auld folk sae frichtenin in their black claes. I climmed up the closs mou lether to ane or ither o the hey-lafts.

The hey-lafts lay aneth the rufe abune the stable and the byre, their doors facin ane anither heich in the closs mou waas, and gin ye werena forkin in hey aff a load on the cairt whan the parks were bein mawn in the simmer, ye

9

had to sclim to the doors by a lang lether, keepit by the yett for that very job.

Aye on a wat Saubbath I sclimmed that lether.

It didna look a bad sclim frae the grun, but by the time ye were hauf wey to the tap ye began to trummle at the knees and woner if the lether wuid was soond, for ye could feel it bendin aneth yer wecht, and ye felt faur frae safe. But efter takin fricht ance or twice, and comin back doun wi my tail atween my legs, I syne ae day managed, and efter that haurdly gied the sclim a thocht.

Ae wat Saubbath in strawberry time, whan the berry-pickers in the barn bothy were sleepin aff their last nicht's dram, and my grannie and grandfaither were noddin in their chairs by the fire in the fermhoose paurlor, I sclimmed to the laft abune the stable to sit on the hey aneth the skylicht and look doun on the fields ootbye. Ye gat a grand view frae the hey-laft skylichts, and in strawberry time it was fun to watch the daft men frichtening the craws aff the berry beds, for though the feck o folk had to rest on the Saubbath, the daft men didna. Denner-Time Davie, the pairish meenister, didna seem to think the daft men maittert.

The skylicht in the stable hey-laft lookit ower ae field that lay in the corner whaur the Clyde road met the road frae Lesmahagow. There were big new strawberries in that field caaed Scarlet Queens, and the first crap was ready for the pouin. Daft Sanny had been sent to keep the craws aff it, and there he was, wi a parritch spurtle in ae haund an a tin tray in the ither, walkin up and doun the beds and clatterin for aa he was worth. He was haein a sair time o it, though, for there was a raw o beeches aside the Clyde road, and as sune as he scared the craws aff the near end o the field, anither lot wad flee aff the beeches and land on the faur ane.

There was a wind blawin doun aff the upland ferms that lay abune Tam o Law's, and whan Daft Sanny was at the faur end o the field I could haurdly hear the spurtle on the tray, for the wind took the soond awa to Clyde. And ance, when he gaed faurer ower nor ordinar, richt into the corner at the Lesmahagow road-end, I lost the soond o the spurtle athegither.

It was then I heard a new soond close at haund. It seemed to come frae somewhaur inbye, amang the hey in the corner o the laft abune the loose-box, I wadit through the hey to the corner to see whit was whaat.

I cam on a nest o wee kittlins, pewlin for their minnie.

The puir wee things had haurdly ony hair, and were as blin as bats. They seemed to feel the cauld withoot their minnie, for they gaed borin into ane anither, ilka ane tryin to win to the middle, whaur it was warmest. But as sune as ane had gotten whaur it wantit the ithers on the ootside stertit to fecht their wey in again, sae there was nae rest for ony. The haill kittle keepit on the steer, like kail on the beyl, mewin and mewkin, and shovin wi their tottery hin legs.

I pat doun my haund and gied ane o them a bit clap, and gat the fricht o my life, for it hissed at me like a wild thing. But I couldna blame the bit craitur, for wi no being able to see it nae dout couldna ken I was juist a wee laddie and didna ettle ony ill. I micht hae been onybody.

I sat watchin for a gey while, faer taen on wi them. Then I thocht that if I gaed to my grannie she micht gie me ane to be my very ain, and I could keep it by itsell in a warm box in the dairy, and feed it wi cream frae a saucer.

I gaed doun the closs mou lether like a streik of lichtnin, and ran for the hoose.

I creepit into the parlour wi the sort o awed feelin that ye aye hae in a kirk. In the kirk it comes frae the picturs in the winnocks, that keep oot the licht, but in my grannie's paurlor at Linmill there were white lace curtains that lat the licht through, sae it maun hae come frae the stourie smell o the horse-hair chairs, the very smell itsell o kirk pew cushions.

My grannie and grandfaither were at their noddin yet, and my grannie was snorin.

I stude for a while feart to wauken her, and had a lang look roun, and the mair I lookit the mair awed I grew, and in the end I made up my mind to wait till the mornin, the room was sae awesome.

It was the stuffed weasel in the gless case abune the kist o drawers, glowerin at the stuffed rabbit.

But the fire settlet in the grate, and a muckle reid eizle fell oot on the fender, and my grannie opened her een.

She lowpit for the eizle wi the muckle tangs, and syne turnt to me.

'I thocht ye were gaun to play ootbye, Rab?'

'Oh Grannie, I fand a nest o wee kittlins in the stable hey-laft.'

'Kittlins! Mercy me, we'll sune hae that mony cats aboot the ferm we'll need anither cou to gie them aa milk. I'll hae to get Daft Sanny to tak them to Clyde the morn, and throw them ower Stanebyres Linn.'

'But I wantit ane for my very ain.'

'We hae ower mony cats already, I tell ye. Awa ootbye and play.'

I wad hae argied wi her, for aa she was sae crabbit, but my grandfaither opened his een and gied a growl like a chained dug.

'What's aa the steer? Can ye no let a body hae a sleep in peace? Awa ootbye, Rab, and dinna come near the hoose again till tea-time.'

I thocht I had better gang.

I gaed awa back to the stable hey-laft to hae anither look at the kittlins, but their minnie was back, and she wadna let me see them. She airched her back and stuck her tail up straucht and hissed at me wi her mou wide open and her lang teeth bare, till I was feart to gang near. My feelins were hurt a wee, to tell the truith, for she was a cat that I had aye pettit, and fed whiles wi cream; a big black and white ane by the name o Moussie, and I was grieved that she suld think I could ettle her ony hairm.

I gaed back to the hey aneth the skylicht and lay doun to think.

I made up my mind that if my grannie had the kittlins drount I wad leave Linmill at ance and gang back to my minnie. I wadna spend a holiday in her hoose again.

At tea-time the kittlins werena mentioned, and aa at ance I grew cheerie, for I jaloused they were forgotten. I thocht then that if I said naething aa micht yet be weill, and wi luck the kittlins micht hae time to growe up, and take to the orchards, afore the aulder folk fand them oot.

I had forgotten Johnnie Kirkhope, whiles caaed Hide-the-Pea, the lazy ane amang the daft men.

Johnnie had a weill kent habit o stealin aff at orra times for a bit rest in some quait pairt o the ferm. He wad bide for hours in the shunkie, or doze awa a haill efternune aneth an aipple tree in a thick pairt o ane or ither o the orchards, but whiles it was to some quait corner o the steadin itsell, like the stable loose-box or the byre beyler-hoose, that he gaed for his bit sleep. And as luck wad hae it, no lang efter I fand the kittlins he took to the stable hey-laft.

I had sclimmed the lether wi some cream in a jeelie-jaur, for I had taen to feeding Moussie at the hey-laft door, whan I heard my grandfaither caain for Hide-the-Pea. And juist as I was poorin the cream in Moussie's saucer, and wonerin what wey she didna come forrit to my caa, wha suld rise oot o the hey fornent the kittlins' nest but Hide-the-Pea himsell.

He passed me and stertit to gang doun the lether, and my grandfaither saw him and stertit to flyte.

'Ay, come doun, ye lazy deil. What were ye daein up there?'

'I was daein a bit job for the Mither.'

The daft men aye caaed my grannie the Mither.

'And what job were ye daein this time? Haein a guid sleep?'

'I was lookin for a nest o kittlins. The Mither likes to hae them aa drount.'

'Did she ask ye to look for the kittlins?'

'Na, but I thocht I heard them, and gaed up to look.'

'Did ye fin them?'

'Ay.'

'Tell Daft Sanny, then. It's his job to droun aa the kittlins. Did I no tell ye to frichten craws in the field at the Kirkfieldbank road-end?'

'Ay.'

'Awa and dae it, then, or ye'll get nae supper the nicht.'

I ran ower to my grandfaither as Johnnie turnt awa.

'Grandfaither, I want to keep ane o the kittlins for my very ain.'

'Awa wi ye. I'm thrang. Ask yer grannie.'

It was aye the same. I had to ask my grannie. And I aye kent what she wad say afore I gaed near her.

She was ben in the daft men's bedroom at the faur end o the hoose, tit-tittin awa to hersell aboot the dottles ane o them had been knockin oot on the fire-end. She keepit the place like a new preen, and the dottles were aa that was needit to speyl her temper. I kent afore I stertit that it was haurdly worth my while to speir aboot my kittlin, but she had seen me come ben, and I had to gang on wi it.

Shair eneugh, I was wastin my time.

'Na na,' she said, 'nae mair cats.'

'But it's a kittlin I want. Just a wee kittlin.'

'Hou lang wad it bide a wee kittlin? And ye wad turn tired o it in a day or twa. What did ye dae wi the rabbits yer grandfaither gat for ye? Fed them for a day or twa and then negleckit them athegither. They were aa deid a stervation when Daft Sanny gaed to clean oot the hutch. And nou ye want a wee kittlin. Na na, nae mair o yer pets. The rabbits were the last.'

It wasna true that I had negleckit the rabbits, though it was true that they had aa deed. They were young anes howkit oot o their hole, and taen awa frae their minnie, and I had been telt to feed them on oatmeal and tea leaves, whan they needit their minnie's milk; sae it wasna my faut that they had deed. The kittlins wad hae been different athegither, for aabody kens that kittlins like cream, but the mention o the rabbits had made me miserable, and I hadna the hairt to argie. I gaed awa and grat in the front orchard, aside the greengage tree, and syne stertit pouin sulphur grosets.

The neist mornin, juist efter brekfast, Daft Sanny took the road for the wall yett cairryin a tattie bag, and my hairt was like leid, for weill I kent the kittlins were in it.

My grannie caaed after him frae the hoose front door.

'See and tie a big stane to the mou o the poke, and pitch it weill oot ower the watter.'

'Ay.'

'And stane that cat if it tries to follow ye. Inside, Rab.'

I gaed awa inbye to the kitchen when she stertit pitchin graivel at Moussie. I couldna thole their ongauns at aa.

I wonert aa day hou I could win hame to my minnie,

and thocht o hiding aneth the hap of the lorry that took the
strawberries ilka mornin to the mercat, but the lorry wasna
loadit till efter my bed-time, and I sleepit in the truckle bed
in the kitchen, and couldna hae won oot withoot bein seen,
sae I had to gie up the idea athegither. But I didna feel friends
wi my grannie at aa, and I sulkit till denner-time.

The tea traiveller caaed juist efter denner, and my grannie
opened the door o the big press in the front lobby, to see
hou muckle tea she had left in her big tea-box, and she
fand a lump o candied peel left ower frae last Yule's bakin,
and telt me to take it awa and keep oot o mischief; sae I
gaed to the auld dry waal fornent the hoose to eat it sittin
in the muckle stane troch.

Whan it was aa dune to the last crumb, and I had lickit
my fingers, I sclimmed an aipple tree at the Kirkfieldbank
road-end to see if ony brakes wad pass alang the Clyde
road. Naething passed but Jubb the horse-breker's gig,
and I was thinkin o gaun ower to the shop at the Falls
to look at the sweeties in the winnock, when I gey nearly
fell aff the tree.

For there aneth me, crossin the Clyde road frae the waal
yett, was Moussie, wi her kittlins roun her, aa sair droukit
and gey feeble, and pewlin like mad, but nane the waur
aither.

I lookit frae the tree to the Linmill front door, and shair
eneugh there was my grannie, staunin on the door-stane wi
the tea traiveller, spinning oot her crack.

She wad see them, I thocht, for Moussie was takin the
middle o the road.

I thocht o chaisin her into the hedge, but I couldna win
oot to the road withoot gaun to the orchard yett, and that
was fornent the front door. By the time I had won through
the thick groset busses, and was raxin for the sneck, my
grannie and the tea traiveller had their een on the haill
procession.

She said something, and the tea traiveller lauched, and
syne she caaed for Daft Sanny.

He swore that he had tied a stane to the mou o the poke,
juist as he was bidden, and had flung it weill oot ower the
watter. And he swore that the spate was sae fierce that the

poke didna sink, but was cairrit to the lip o Stanebyres Linn and lowpit ower, to faa doun and doun amang the spume till it was oot o sicht. The very thocht gart my teeth chitter.

Whan my grannie tried to mak oot that he was leein he took ane o his mad fits, and I had to run for my grandfaither to haud him doun, or he wad hae felled us aa. The tea traiveller gat an unco fricht.

My grandfaither believed Daft Sanny's story, for he said cats werena cannie craiturs, and had faur mair sense nor ony man or wumman born, and he said that the stane maun hae left the poke as it gaed ower the Linn, and the poke maun hae floatit to the edge of the pule at the Linn fute, and Moussie maun hae been there to win oot the kittlins and lick them dry. Whateir the wey a it, we suld neir ken, but ae thing was certain, that Moussie was a gey clever cat.

And that nicht my grandfaither sat in his big chair at the kitchen fire wi Moussie on his knee, and I sat on the rug wi a saucer-fou o cream and fed the wee kittlins. My grannie said she daurtna gang contrar to Providence.

THE DRINKIN-WATTER at Linmill had come at ae time frae a waal on the green fornent the front door. The auld stane troch was there yet, big eneuch for playin in, but the pump was lyin amang the rubbish in a corner o the cairt-shed, and the hole it had come oot o was filled up wi stanes. The waal had gane dry, it seems, juist efter I was born, and in my day the watter for the hoose was cairrit up frae the bottom orchard by Daft Sanny, twa pails at a time.

The waal in the bottom orchard was juist inside the Linmill hedge. There were twa trochs there, big, roun, airn anes sunk into the grun, and the ane faurer frae the spoot had a troot in it to keep the watter clean. Through the hedge tae, in Tam Baxter's grun, there was anither troch, and it was fou o mennans, for Tam was a great fisher and needit them for bait.

I gaed doun to the waal to play whiles, but didna bother muckle wi oor ain troot. It was aye Tam's mennans I gaed for. I didna try to catch them, I was ower feart for that, but whan I had creepit through the hedge by the hole aside the honeysuckle I lay on my belly watchin them, wi my lugs weill cockit for the bark o Tam's dug.

I was fell fond o catchin mennans, but seldom gat the chance. I wasna alloued doun to Clyde withoot my grandfaither, for I had to be liftit twa-three times on the wey ower the bank, and in the simmer he was aye gey thrang in the fields, gafferin the warkers.

Sae whan I wantit badly but couldna gang I juist gaed through the hedge and had a look in Tam's troch. It helpit me to think o the mennans in Clyde, for they aa had the same wey o soumin, gowpin at the mou and gogglin their big dowie een.

17

For a lang while I had the notion that Tam fand his mennans for himsell, but ae day whan I was on my wey back to the hoose efter takin a finger-length o thick black doun the field to my grandfaither I met a big laddie frae Kirkfieldbank wi a can in his haund.

'Whaur are ye gaun wi the can?'

'To the Falls.'

'What's in it?'

'Mennans.'

'Let me see.'

The can was fou.

'What are ye takin them to the Falls for?'

'To sell to Tam Baxter.'

'Will Tam buy them?'

'He buys them for the fishin.'

'What daes he pey ye?'

'A penny a dizzen.'

'Hou mony hae ye?'

'Twenty-fower.'

'That'll be tippence.'

'Ay.'

I could haurdly believe it. I thocht o aa the mennans I had catchit and gien to the cats. I could hae bocht the haill of Martha Baxter's shop wi the siller I had lost.

Aa I could dae nou was mak a clean stert. The cats could want efter this.

At lowsin time that day I was waiting for my grandfaither at the Linmill road-end. It was airly in my simmer holiday, afore the strawberries were ripe, and he was warkin wi juist a wheen o the weemen frae roun aboot, weedin the beds. I heard him blawin his birrell and kent he wadna be lang, for he was in the field neist to the waal yett, and that was juist ower the road.

The weemen cam through the yett first, some haudin their backs, for it was sair wark bendin aa day, and ithers rowin up their glaurie aprons. They skailed this wey and that, and syne came my grandfaither, wi the weeders in ae haund and his knee-pads in the tither. I cam oot frae the hedge and gaed forrit to meet him.

'Whan will ye tak me to Clyde again, grandfaither?'

'What's gotten ye nou?'

'I want doun to Clyde to catch mennans.'

'Ay ay, nae dout, but it's time for yer tea, and syne ye'll hae to gang to yer bed.'

'Ay, but can I no gang the morn?'

'We'll see what yer grannie says.'

'But she aye says na.'

'What's putten it into yer heid to catch mennans?'

'I like catchin mennans.'

'Ay, ay, nae dout.'

'Grandfaither?'

'Ay?'

'Tam Baxter peys a penny a dizzen for mennans.'

'Wha telt ye that?'

'A laddie frae Kirkfieldbank.'

'Weill, weill.'

'Daes he?'

'I daursay.'

'It wad be grand to hae some mennans to sell him.'

'Ay weill, we'll see. I'll be weeding aside Clyde the morn.'

'Will ye lift me doun ower the bank, then?'

'Mebbe, I'll ask yer grannie.'

He didna ask her at tea-time, and I was beginnin to think he had forgotten, but whan he cairrit me to my bed he gied me a wink o his guid ee, the tither was blin, and I jaloused he hadna.

Shair eneuch, whan he had feenished his denner the neist day, and I had forgotten the mennans athegither, for the baker had come in the mornin and gien me a wee curran loaf, he gaed to the scullery and cam back wi ane o the milk cans.

'Hae ye a gless jaur ye could gie the bairn?'

My grannie soondit crabbit, but it was juist her wey.

'Ye'll fin ane in the bunker.'

He took me to the scullery and fand the gless jaur.

'Come on,' he said.

My grannie cried frae the kitchen.

'Dinna let him faa in, nou, or ye needna come back.'

We gaed oot into the closs withoot peyin ony heed.

On yer wey doun to Clyde ye took the same road as ye did to the waal, and as faur as the waal the grun was weill trampit, but faurer doun there was haurdly mair to let ye ken the wey than the space atween the grosset busses and the hedge, and there the grun was aa thistles and stickie willie. He carrit me ower that bit, to save my bare legs, and we hadna gane faur whan the rummle o Stanebyres Linn grew sae lood that we could haurdly hear oorsells. No that I wantit to say ocht, for near the soun o the watter I was aye awed, and I was thinkin o the mennans soumin into my jaur.

We cam to the fute o the brae and turnt to the richt, alang the bank abune the watter, and were sune oot o the orchard and ower by the strawberry beds. The weemen were waitin to stert the weedin, sittin on the gress aneth the hazels, maist o them wi their coats kiltit up and their cutties gaun.

I didna like to hae to staun fornent the weemen. They couldna haud their silly tongues aboot my bonnie reid hair, and ane o them wad be shair to try to lift me, and as my grannie said they had a smell like tinkers, aye warkin in the clartie wat cley. My grandfaither saw them stertit at ance, though, and syne turnt to tak me doun to Clyde.

The wey ower the bank was gey kittle to tak, wi the rocks aa wat moss, and I grippit my grandfaither ticht, but he gat me to the bottom wi nae mair hairm nor the stang o a nettle on my left fute. He rubbit the stang wi the leaf o a docken, and tied a string to the neck o my jaur, and efter tellin me no to gang near the Lowp gaed awa back up to his wark.

An awesome laneliness came ower me as sune as he had turnt his back. It wasna juist the rummle o the Linn frae faurer doun the watter: it was the black hole aneth the bank at my back whaur the otters bade, and the fearsome wey the watter gaed through the Lowp. The front o the hole was hung ower wi creepers, and ye couldna be shair that the otters werena sittin ben ahint them, waitin to sneak oot whan ye werena lookin and put their shairp teeth into yer legs.

The Lowp was waur. It was doun a wee frae the otter hole, across a muckle rock, whaur the hail braid watter o Clyde, sae gentle faurer up, shot through awteen twa straucht black banks like shinie daurk-green gless; and the space atween was sae nerra that a man could lowp across. It wasna an easy lowp, faur abune the pouer o a laddie, yet ye fand yersell staunin starin at it, fair itchin to hae a try. A halflin frae Nemphlar had tried it ance, in a spate whan the rocks were aa spume, and he had landit short and tummlet in backwards, and it was nae mair nor a meenit afore his daith-skrech was heard frae Stanebyres Linn itsell, risin abune the thunner o the spate like a stab o lichtnin.

The sun was oot, though, and I tried no to heed, and truith to tell gin it hadna been sae eerie it wad hae been lichtsome there, for in aa the rock cracks whaur yirth had gethert there were harebells growin, dentie and wan, and back and forrit on the mossie stanes that stude abune the watter gaed wee willie waggies, bobbin up and doun wi their tails gaun a dinger, and whiles haein a douk to tak the stour aff their feathers.

I didna gie them mair nor a look, for I had come to catch mennans, and as I grippit my can and jaur and gaed forrit ower the rock to the whirlies I could feel my hairt thumpin like to burst through my breist. It was aye the same when I was eager, and it didna help.

The whirlies were roun holes in the rock aside the neck o the Lowp, worn wi the swirl o the watter whan it rase in spate and fludit its haill coorse frae bank to bank; but whan Clyde was doun on a simmer day they were dry aa roun, wi juist a pickle watter comin hauf-wey up them, clear eneuch to let ye see the colours o aa the bonnie chuckies at the fute.

Nou there was ae whirlie wi a shalla end, and a runnel that cam in frae Clyde itsell, and on a hot day, gin aa was quait, the mennans slippit ben, aboot twenty at a time, to lie abune the warm chuckies and gowp in the sun. That was the whirlie for me, for gin ye bade quait eneuch till the mennans were aa weill ben, and laid yer jaur in the runnel wi its mou peyntin in, and syne stude up and gied them a fricht, they turnt and gaed pell mell into it.

I laid doun my can and creepit forrit, and shair eneuch the mennans were there, but I couldna hae been cannie eneuch, for the meenit I gaed to lay my jaur in the runnel they shot richt past and left the whirlie tuim. It was a peety, but it didna maitter. I kent that gin I waitit they wad syne come back.

The awkward thing was that if ye sat whaur ye could see the mennans the mennans could see yersell, sae I had to sit weill back and juist jalouse whan they micht steer again. I made up my mind no to move ower sune.

Wi haein nocht to dae I fell into a dwam, and thocht o this thing and that, but maistly o the siller Tam Baxter peyed for the mennans. Syne my banes gat sair, sittin on the hard rock, and I moved a wee to ease mysell a bit. On the turn roun my ee spied the otter hole, and I could hae sworn I saw the creepers movin. I began to feel gey feart, and my thochts took panic, and it wasna lang afore I was thinkin o the halflin that fell in the Lowp, though I had tried gey hard no to.

I lookit up the bank for my grandfaither, and shair eneuch there he was, staunin looking doun on me to see that I was aa richt. I felt hairtent then, and pat my fingers to my mou to keep him frae cryin oot to me, for I kent that gin he did he wad ask hou mony mennans I had catchit, and I didna want to hae to tell him nane.

Kennin he was there, I grew eager to show him what a clever laddie I was, and I kent I had gien the mennans rowth o time to win back ben the whirlie, saw aa at once I lowpit forrit and laid my jaur in the runnel; but I was sae hastie that I laid it wrang wey roun. It didna maitter, though, for the mennans were ben, dizzens o them, and they couldna win oot. Quick as a thocht I turnt the jaur roun and gied a lood skelloch. They shot this wey and that, and syne for the jaur, and whan I saw that some o them were into it I poued hard on my string.

I was ower eager, for the jaur gaed richt ower my heid and brak on the rock at my back, and the mennans I had catchit flip-flappit for the watter as hard as they could gang. I grabbit my can and gaed efter them, but they were gey ill to haud, and by the time I had twa o them safe the ithers were back into Clyde.

I stude up. I was richt on the edge of the Lowp.

I couldna tak my een aff the glessie daurk-green watter, and I kent that the whirlie was somewhaur ahint me, sae I didna daur step back-wards. I juist stude still wi my breist burstin, and my wame turnin heid ower heels, till I gey nearly dwamt awa.

I didna, though, I gaed doun on my knees, aye wi my can grippit ticht, and had a wee keek roun. The whirlie was ahint me, but faurer up the rock than I had thocht. I creept weill past it, and lookit up the bank.

My grandfaither wasna there. He hadna been watchin me efter aa.

I ran to the bank fute and cried oot, but wi the rummle o the watter he didna hear me, and I stertit to greit. I grat gey sair for a lang while, and syne stertit to sclim up the bank, but I slippit and tummlet my can.

It hadna ae bash, but the mennans were gane. I gied my een a rub wi my guernsey sleeve and stertit to look for them. In the end I spied them, bedirten aa ower and hauf deid. I mindit then that I hadna filled my can wi watter.

Whan they were soumin again they syne cam roun, though ane o them lay for a while wi its belly up, and I thocht it wad dee. Whan it didna I felt hairtent again, and began to wish I could catch anither ten.

I had nae glass jaur.

I fand a wee hole in the rock and pat the mennans in, and syne gaed to the whirlie. It was tuim, for I hadna keepit quait, but I tried my can in the runnel and fand a bit it wad fit. I wasna dune yet.

I tied my string to the can haunle and sat doun again to wait.

I had a waur job this time to keep mysell in haund, tryin no to think o the horrid end I wad hae come to gin I had tummlet ower the edge o the Lowp, but I maun hae managed gey weill, for I didna seem to hae been sittin for a meenit whan my grandfaither's birrell gaed.

It was time to gang hame. I could haurdly believe it.

I gaed forrit to meet him as he cam doun the bank.

'Hou mony mennans hae ye catchit?'

'Juist twa. I broke my jaur.'

'Dear me. Whaur's the can?'

'It's ower by the runnel. I hae tied my string to the haunle o it.'

'And whaur are the twa mennans?'

'In a wee hole.'

'Quait, then, and we'll hae ae mair try. It's time to gang hame.'

He sat doun and cut himsell a braidth o thick black, and whan his pipe was gaun and the reik risin oot o it I gat richt back into fettle. I sat as still as daith, wishin his pipe had been cleaner, for it gied a gey gurgle at ilka puff, and I was feart it wad frichten the mennans. But I didna daur say ocht.

Aa at ance, withoot warning, he lowpit for the runnel wi the can. I lowpit tae.

The can was useless. The mennans saw it and gaed back ben the whirlie. They juist wadna try to win oot.

'Fin a stane,' said my grandfaither.

I ran to the fute o the bank and fand a stane.

'Staun ower the whirlie and pitch it in hard.'

I lat flee wi aa my strength. The stane hit the watter wi a plunk. The mennans scattert and shot for the runnel. My grandfaither liftit the can.

Whan my braith cam back I gaed ower aside him.

'Hou mony hae we gotten?'

He was doun on his hunkers wi his heid ower the can.

'I canna coont. They winna bide still.'

My hairt gied a lowp. Ther wad shairly be a dizzen this time. But I was wrang.

'Eight,' he said.

I had a look mysell. I coontit them three times. There were eicht and nae mair.

'Come on, then. Fin the ither twa and we'll awa hame.'

I was fair dumfounert.

'But I hae juist ten, grandfaither. I need anither twa still.'

'Na na, we're late. Yer grannie'll be thinkin ye're drount.'

'But I need a dizzen.'

'What dae ye want a dizzen for?'

'For Tam Baxter's penny.'

'Dinna fash aboot Tam Baxter. I'll gie ye a penny mysell.'

'But I want to make my ain penny.'

'Na, na.'

'They'll juist be wastit.'

'We'll gie them to the cats. Whaur did ye put the first twa?'

I took him ower to the wee hole. They were there still. He pat them in the can wi the ithers and made for the bank.

'I'll tak the mennans up first.'

He gaed awa up and left me. Whan he cam doun again I had stertit to greit.

'Come on, son. I'll gie ye tippence.'

But it didna comfort me. I had wantit sae hard to mak a penny o my ain, and I juist needit twa mennans mair. It was past tholin.

Whan we cam to the waal I was begrutten aa ower. He stude for a while.

'Haud on, son. Ye'll hae yer dizzen yet.'

He took the tinnie that hung frae the waal spoot. It was there for the drouthie warkers.

'We'll put the mennans in this.'

He had a gey job, for it didna leave them muckle watter, but he managed.

'Bide here and haud on to it. Keep ae haund ower the top or they'll lowp oot.'

He left me wi the tinnie and took the can through the hedge. I jaloused at ance what he was efter, and my hairt stertit to thump again, but there was nae bark frae Tam's dug. It maun hae been tied at his back door.

My grandfaither cam back.

'Here ye are, then. Put thae anes back.'

I lookit in the can. There ware twa in it. I tuimed in the ithers.

'That's yer dizzen nou. Ye can tak them ower to Tam the morn.'

I kent I couldna face Tam the morn.

'Daes he no coont his mennans, grandfaither?'

'Na na, he has ower mony for that.'

'But it's stealin.'

'Dinna fash aboot that. Tam's laddies whiles guddle oor troot.'

It was the truith, and they didna aye put it back, but still I kent I couldna face him.

We came to the waal yett.

'Grandfaither?'

'Ay?'

'I think we'll juist gie them to the cats efter aa.'

'What wey that?'

'I'm feart. I couldna face Tam Baxter.'

'Havers.'

'I couldna, grandfaither.'

'He'll ken naething.'

'He micht fin oot.'

'Deil the fear.'

We cam to the closs mou.

'Grandfaither?'

'What is it?'

'Juist let me gie them to the cats.'

'Aa richt, son. Please yersell.'

IN THE AULD horse days, afore the fruit-growers in Clydeside had motor lorries to send to Larkhaa and siclike places for loads o keelie tounsfolk to pou their strawberries, fetchin them ilka mornin and takin them back at nicht, aa the berry-pouin was dune by weemen and laddies frae Kirkfieldbank and ither bits of places roun aboot, and by squads o gangrel Irish, caaed Donegals, that bade at the ferms in barns and bothies till the season was ower, whan they moved awa to the upland ferms for the hey and the tatties.

Ae sic squad cam to Linmill ilka year. The mairrit anes had the auld bothy abune the milk-hoose that had been biggit for the byre lassies, but the single weemen bade at the tae end o the big barn, and the single men at the tither, wi a bit raw o auld blankets hung up for a waa atween them. To get into the milk-hoose bothy ye had to gang into the barn and up a lether, sae whan the Donegals were aa beddit doun at nicht they were aa ahint the ae barn door, and that was lockit aye by my grandfaither, at ten o'clock, whan he lockit the muckle yett at the closs mou.

He had whiles a gey job to get them aa in for the nicht, wi the aulder anes gey aften taiglet on their wey back hame frae the Kirkfield Inn, and the younger anes oot amang the hedges or in the ditches daffin, wi nae sense o time. But he was weill respeckit amang them, and though they whiles blarneyed him in the maist droll fashion, the mair whan he had a bit dram taen himsell, they did his biddin aye whan he grew douce wi them, and nane eir daured to lift a haund against him, ein whan he gat crabbit wi them, as he did whiles, and ordert them to their beds like a pack o bairns.

Whan they were aa in and the barn door lockit, and the

closs mou yett, he wad come into the hoose and mak ready
for his bed, and nae maitter what unco steer he micht hear
frae the barn as the Donegals made ready for theirs, he
wadna set fute ootbye in the closs again that nicht. Let
them howl and skrech for aa they were worth, and they
gaed their dinger whiles, I can tell ye, he gaed intil his bed
aside my grannie in the kitchen closet, poued the claes ower
his heid, and snored like a grumpie.

Save ance, on a Setterday, and it was a dreidfou nicht
that, as ye shall hear.

But first ye maun ken that amang the Donegals that
cam to Linmill ilka year, like the peesweeps to the tap
parks, there was an auld couple caaed Paddy and Kate
O'Brien. Auld they maun hae been, for they had poued
strawberries at Linmill afore my minnie was born, and aye
whan they cam, and had settled doun in the best corner o
the milk-hoose bothy, neist to the fire and awa frae the
door, they wad seek oot my minnie, to hinnie and dawtie
her as if she was a bairn o their ain, no forgettin to tell her
what a bonnie laddie she had gotten, kecklin around me
like clockin hens, and clappin my heid and cuddlin me till
I could smell the smeik aff them, for they were aye beylin
tea in a wee black can.

This pair, Paddy and Kate, for aa their great age, behaved
aye whan they were sober like a trystit lad and lass, and
ein whan they were thrang on the berry beds, whaur they
were aye pairtners, they wad rookety-coo in ilk ither's lugs
like cushie doos. But whan they were fou, and they were
baith deils for the drink, they seemed to hate the grun
ilk ither walkit, and it was a diversion to watch them
gaun aff at ein to the Kirkfield Inn, wi arms linkit and
heids thegither, to come back at nicht pairtit, Kate walkin
aheid dour and grumlie, and Paddy stacherin efter her,
a lang way ahint, cursin and sweirin at her, and flingin
stanes.

Ae Setterday nicht, the wild ane I hae mentioned, they
had gotten byordinar fou, for they had gane to the Lanark
races and won some siller on a horse, and a sair job my
grandfaither had to get them into the barn. But get them
in he did, and lockit the door, and syne the closs mou yett,

and in the end he won to his ain bed, weary for sleep, for he had a guid dram in him that nicht himsell.

A while efter, whan the steer in the barn had deed doun, and the rummle o Stanebyres Linn had come into its ain, there was a skrech frae the milk-hoose bothy that wad hae curdlet yer bluid. The haill barn bizzed again like a bees' byke, and the dug on the chain at the stable door lat oot a yowl.

Syne there was sic a fleechin and flytin, and duntin and dingin, as we had neir heard in the barn afore in aa oor days. In the end the barn door itsell was dung and daddit, and there were cries o murder.

My grandfaither juist had to rise to see whit was whaat.

He turnt the big key in the barn door and poued it open, and oot stachert auld Kate O'Brien, wi her hair doun her back, her claes torn gey near aff her, and bluid rinnin doun her face and breist. And she was cursin her man Paddy wi sic dreidfou spleen that it was terrible to hear.

My grandfaither waitit wi his muckle neive liftit for Paddy to come oot tae, but a wheen o the younger Donegals were haudin him doun inbye, and they cried to my grandfaither to fetch a raip, for they thocht that Paddy had gane wud athegither, and suld be weill tied up.

My grandfaither peyed nae heed to their clavers, but gaed into the barn, took Paddy frae them by the scruff o the neck, and mairched him oot into the closs. In the closs he had to let him be for a while, to fin the key o the closs mou yett, for he was gaun to pitch him aff the ferm athegither, and as sune as he lowsed his grip he gat a clowt on the lug. Paddy had gane for him.

That wasna to be tholed, sae my grandfaither gaed for Paddy, and a bonnie fecht it micht hae been, hadna Kate, whan she saw her man haein the warst o it, turnt her coat athegither, and gane for my grandfaither like a cat wi kittlins. Atween the twa he was in a fair wey to bein torn to daith.

The ither Donegals lookit on frae the barn door, feart to interfere, and though I was fain mysell to fling a stane or twa I didna daur, for I micht hae missed the pair I was aimin at and hit my grandfaither.

I had reckoned withoot my grannie. She ran to the kitchen for the big claes beetle, gethert up her goun, and laid aboot her.

That settled it. Kate and Paddy ran to the barn and poued the door tae ahint them.

That micht hae been the end o the haill affair, but my minnie, whan she had seen my grandfaither in a fair wey to bein murdert, had taen fricht, and no waitin to see my grannie's pairt in the affair, had let hersell oot at the Linmill front door and run for Airchie Naismith, and Airchie had yokit his gig at ance and driven helter-skelter for the polis.

Whan the polis cam, a muckle weill-fed lazy craitur by the name o Gilfillan, he and my grandfaither gaed into the barn, and ye could hae heard a preen drap, the Donegals were sae awed. In a wee while oot they cam again, Gilfillan leadin Paddy wi the ae haund and Kate wi the tither, and my grandfaither cairryin their bundle o claes and their auld smeikie can.

My grandfaither convoyed them oot o the closs, lockit the closs mou yett ahint them, and came into the hoose. And afore lang there wasna a soun to be heard bune the rummle o Stanebyres Linn.

I had thocht that Gilfillan wad tak Paddy and Kate to the jeyl, and nae dout that was what he ettlet whan he left Linmill, but it seems that, whan the three had won doun the road a wee, the twa auld Donegals had stertit to blarney, and priggit sair to be lowsed, and whan Gilfillan, gey angert at bein trailed frae his warm bed sae late at nicht, tried to quaiten them and gar them hurry, they stertit to taigle him wi aa the wiles in their pouer. The upshot was that he grew hairt seik o them afore he gat them the length o the Black Bog, and in the end he telt them no to gang near Linmill again, and left them skaithless.

On the Saubbath we saw naething o them, though we heard they had been beylin their black can in the wuid on the Hinnie Muir road, and thocht they maun be makin for the upland ferms, and we wad be weill redd o them, but on the Monday mornin, whan my grandfaither was leadin his squad o warkers across the Clyde road to the field aside the waal orchard, he fand Paddy and Kate wi their bundle aside the waal yett.

They rase as he cam forrit and stude in his wey, and their blarney wad hae saftent the hairt o the Lanark factor. It was Kate that stertit.

'Sure now, master, and ye wouldn't be after giving us the sack, a poor owld couple the like of us, that has worked our fingers to the bone for ye, year after year, with never a word of complaint. Sure ye wouldn't be after sending us away from ye, and we never wishing ye any ill at all. He hit ye, master, but ye wouldn't be blamin him for the like of that, and ye with a fondness for a drop yerself. And didn't ye give him as good as ye got, ye owld warrior, for be looking at the eye he has on him. It's as black as a tinker's pot.'

And syne Paddy.

'Look at the poor owld sinner, master, and have pity in yer heart. She's not fit to be travelling the roads and sleeping outbye. She would die on me, so she would, for her breast's black and blue, master, with the lamming I gave her when my head was fuddled, God help me, and my five senses dulled with the drink. Take us back, master, like the kind man ye are, for it's sorry we are for all the trouble we gave you, and that's the solemn truth. Take us back, master, for the love of God, and not be sending us both out to die on the roads.'

My grandfaither felt gey sorry for them, I hae nae dout, but he daurtna tak them back again against my grannie's will.

'I cana dae it, Paddy. Ye'd better baith gang awa up and speir at the hoose.'

They lookit gey taen aback whan he said that, for weill they kent my grannie was anither nuit to crack. But there was nae help for them, for my grandfaither shouthert his wey past them and led his squad doun to the field.

The pair sat for a while and argle-barglet, and syne maun hae made up their minds, for in the end they cam to the hoose door, timrous like, and gied a blate wee chap.

My grannie cried oot frae the kitchen.

'Wha's that?'

'Sure it's meself, mistress, and me poor wife Kate, come to beg yer pardon.'

'What! Ye'll get nae paurdon here. Awa wi the pair o ye, or I'll lowse the dug. Awa I tell ye or I'll send for the polis again. The thowless lump suld hae putten ye baith in jeyl.'

And no anither word wad she say, though they stude at the door, disjaskit lookin, for hauf the mornin.

They had their denner by the hedge at the Falls road-end, and they were there still, beikin in the sun, whan I gaed doun the Falls road in the efternune, on my wey to the shop to buy sweeties.

Auld Kate saw me comin and sat up.

'Sit up, Paddy dear, and just look here. Isn't he the little darlint with his curly hair, and the freckles on the nose of him? The Lord bless ye, honey boy, and yer lovely ma, for she's the prettiest lady in the broad land, and it's the truth I'm telling. Isn't she, now, Paddy dear, and isn't he the living image of her?'

I kent it was aa blarney, for my minnie had black hair, and mine was reid. But there was mair to come.

'Where would ye be after going, now, on a day like this? Is it for Clyde ye are?'

'Na.'

'For the Falls, then, maybe?'

'Ay.'

'He'll be for buying sweeties, the little treasure, at Martha Baxter's shop. Is that what's in it?'

'Ay.'

'There now, and I after saying it. Sure, and that'll be a penny ye have, shut tight in yer hand?'

'Ay.'

'A penny. He couldn't be buying much with a penny. Could he now, Paddy dear?'

'A penny. No. A few sweeties, maybe, or a lucky bag, or maybe a little box of sherbert, but what's sweeties, or a lucky bag, or sherbert itself, on a hot thirsty day the like of this?'

'It's a bottle of lemonade he should be buying, to quench his thirst.'

'Yes, indade.'

'And a swate biscuit or two.'

'Ah sure, a swate biscuit or two, for drink should never be taken on an empty stomach, and there's nobody in the wide world knows that better than meself.'

'Ach wheesht now, Paddy, and give the boy a sixpence.'

'A sixpence, is it? Sure now, and haven't ye a sixpence yerself in yer petticoat pocket?'

'I wonder now. Ah yes, indade I have. Come here, little swateheart, and be holding your hand out.'

I kent I suldna tak the sixpence, but the temptation was mair nor I could staun, and though I held back, blate like, I didna rin awa till she pat the sixpence in my haund and tried to kiss me.

I ran then.

Whan I had gotten the sixpence, though, I was feart to ware it. My heid gaed roun like a peerie whan I thocht o aa I could buy, but I was shair that if I gaed hame wi my pooches fou my minnie wad speir, and wad think shame o me whan she fand whaur I had gotten the siller. I thocht for a while o hidin it to ware some ither day, but that wad hae made things waur. In the end, for I was ower greedy to gang and gie it back, I gaed to my minnie to show it to her, and tell her they had forced me to tak it.

I fand her by her lane in the front gairden.

'Kate O'Brien gied me a sixpence, minnie.'

'Dear me, a haill sixpence. Let me see.'

'She forced me to tak it.'

'She forced ye, did she? Hou that?'

'She stude on the Falls road and blarneyed me, and wadna let me bye, syne she pat the sixpence in my haund and tried to kiss me and I ran awa.'

'She blarneyed ye, did she? What did she say?'

'She said ye were the bonniest leddy in Clydeside.'

'Did she? And what else did she say?'

'That I suld buy some lemonade. But I dinna want lemonade. I want sweeties, and a luckie bag, and a box o sherbert. Minnie, can I ware the sixpence, or shall I gie it back?'

'Na, na, ware it, but dinna mak yersell no weill.'

Whan I had been to the Falls shop I gaed back to the
Linmill kitchen for a tumbler of watter. My grannie saw
me wi the sherbert and strauchtent her back, for she was
bendin ower the girdle.

'Whaur did ye get that trash?'

'At the Falls shop.'

'Wha gied ye the siller?'

My minnie was tappin and tailin some grossets.

'Kate O'Brien gied him a sixpence.'

'A sixpence. Tryin to win favour.'

'Ay.'

'It's a woner she had sixpence to gie him, efter Setterday
nicht.'

'Ay.'

Nae mair was said till my grandfaither came in for his
supper. By that time Paddy and Kate were sittin wi their
bundle on the dyke fornent the closs mou yett.

My minnie spak first.

'Paddy and Kate O'Brien are at the yett, faither.'

'Ay. They want back into the bothy, puir sowls.'

My grannie flared up.

'Puir sowls! Did they no try to kill ye on Setterday
nicht?'

'They didna ken what they were daein. They were baith
fou.'

'They're fou ower aften.'

'Ye canna blame them, wi the life they hae. And I missed
them on the field the day.'

'Ye missed auld Kate's flaitterin tongue, nae dout, but
ye didna miss them for ony wark they wad hae dune.'

'Oh but I did, for they're gey guid warkers. The best in
the field.'

My minnie spak then.

'Ye canna gainsay that, mither, for ye hae said it gey
aften yersell.'

'Oh ye're as bad as yer faither. They hae saft southert
ye and aa, wi the sixpence they gied the bairn.'

My grandfather cockit his lugs.

'Did they gie the bairn a sixpence?'

'Ay, this efternune.'

'Weill, I declare. It maun hae been gey near their last.'

'Nae dout.'

'Then damn it, wumman, they're gaun back into the bothy!'

'They'll gang back to the bothy ower my corp!'

And she stude in my grandfaither's wey.

He pat his twa haunds to her waist and liftit her aff the flair.

'Ye're for the closet, then.'

He had lockit her in the box-bed closet ae Burns' nicht, when he was fou efter a spree, and had left her there till she had gien ower her flytin and stertit to greit. And nou whan he had made up his mind on a thing, and she wadna gie in, he wad threaten her wi the closet.

She lauched.

'Aa richt, hae it yer ain wey, ye big saft sumph.'

And she gied him a dad on the lug.

He gaed awa oot to the closs mou, and in a wee while there was a great cheer frae the Donegals, as Paddy and Kate gaed forrit to the barn door.

TAM LAUDER HAD a place caaed the Gill, no faur frae Linmill on the Clyde side o the Kirkfieldbank road. It had been a mansion hoose at ae time, and though Tam ran it as a nursery it had the air o a mansion hoose still, wi its stable and coach-hoose at the road yett, its braw drive leadin doun to the front door, and the smell o roses hingin aa aboot it.

Tam had a bonnie dochter caaed Mary, a friend o my minnie's, and a great favourite o my ain, for she had shown me my first tam-tit's nest, and it was sic a bonnie thing I neir forgot it.

Someane else had haen his ee on Mary, though, for ae simmer whan I had won to Linmill for my holiday and stertit priggin at my grannie for news o my friends she telt me that Mary was mairrit, to Dan Finlay o Nether Affleck. I grew dowie to think I micht neir win ower to the Gill again, for it was a winsome place, and Mary had aye made a fuss o me, and gien me jeelie in a saucer, if her big brass pan was on, or hinnie in the kaim, for Tam keepit bees, or mebbe some tomaities, for Tam had a gless-hoose, a new thing in Clydeside in thae days.

But my minnie took me to the Gill that simmer efter aa, for she heard that Mary's mither was badly, and thocht she suld pey a caa. We fand the auld body sittin in the big front paurlor wi a shawl ower her knees, and bye and bye my minnie and she were crackin, first aboot hou I was daein at the schule, and syne aboot Mary and her new man and syne they began to whisper, and I was telt to gang awa doun to the kitchen and ask for some cake.

I creepit doun the daurk back stairs wonerin wha wad be there nou that Mary had gane, and gat the fricht o my life.

There were twa weemen there, strangers baith. Ane o
them, a muckle lang baney craitur wi coorse tacketty buits
and a tattie-bag apron, was bendin ower a beyn at the back
door, thrang at a washin. The tither, a delicate bit thing
that a souch o wind wad hae liftit aff her feet, was staunin
at the faur end o the big table, haudin something ahint her
back, as if she had been stealin and didna want me to ken.
The big ane turnt and lookit roun. She was a fair terror,
her een were that wan and sichtless lookin, and she had twa
lang peyntit teeth that slaivert ower the corners o her mou.
I kent I couldna ask her for cake. I lookit to the wee ane.

Ye could hae said she was bonnie, for she had bricht blue
een and cheeks like a frostit aipple, but for aa that I didna
like the look o her aither.

'Hullo, little boy,' she said.

Juist like that. She was English.

That was queer eneuch, for there werena mony English
aboot Clydeside. There were whiles a wheen amang the folk
that cam frae Hamilton in fower in haund brakes to see the
Falls. And Fred Jubb the horse-breker was English. He had
mairrit a Kirkfieldbank lassie and bidden on aside his wife's
folk. But an English wumman in service in a hoose was new
to me.

Then I saw what she had been hidin ahint her back, and
aa at ance I kent whit was whaat.

It was a doll, wi a cheenie heid, and silly legs and airms
fou o saw-dust. And ower by the fire-end there was a raw
o big eicht pund berry baskets, five athegither, made up
like beds, wi wee blankets and pillas, and ither dolls in ilka
ane bune the end ane. And on the rug there were wee dolls'
claes. The English body had been playin wi them, juist like
a bairn.

I kent aa at ance what I suld hae jaloused frae the stert,
that the twa weemen were dafties.

I turnt and ran awa up the stair.

I didna like to gang in to my minnie and tell her I was feart,
sae I stude in the lobby and waitit. And it wasna lang afore I
noticed something. There was a big siller bowl in the lobby,
that Tam had won for sweet peas at the Lanark show, and
aye afore it had been keepit fou o flouers. Nou it was tuim.

Tam wad miss them, I thocht, though I couldna think what had possessed him to let Mary get mairrit. I wad hae putten my fute doun.

I had been waitin for a gey while, and was beginnin to feel wearit, whan there was a rattle o tea-cups frae the kitchen stairs, and the wee daftie cam forrit wi a tray. I ran oot to the front steps as she gaed forrit to the paurlor door, and afore she was richt through it I was hauf wey to the road yett. I didna like the thocht o the place. Daft men were ae thing, frichtenin craws or fetchin berry baskets in the fields ootbye, or scrapin pats at the back door and cairryin raiks o watter, but daft weemen in the hoose itsell were anither athegither.

When my minnie cam oot I telt her I didna want to gang near the Gill again.

'I wadna hae taen ye,' she said, 'gin I had kent they wad frichten ye.'

'What wey daes Tam Lauder hae daft weemen?'

'To save siller, likely. It's juist the gentry that can afford to pey for servants.'

And I had thocht Tam was weill aff.

It was weill through the winter afore I was near the Gill again. I was oot wi my grandfaither wi the gun efter phaisants, and we were walkin alang the mairch hedge atween Tam's grun and oor ain, whan I spied Tam's hoose through the trees.

'Grandfaither?'

'Ay?'

'Tam Lauder has twa daft weemen.'

'No nou. He gat redd o them at Yule.'

'Is Mary back?'

'Na.'

'Wha keeps the hoose nou, then?'

'A wumman comes in frae Kirkfieldbank to clean, juist.'

'What wey daes Mary no come back?'

'She has a hoose o her ain, nou. Quait, will ye, or I'll hae to send ye hame.'

I said naer mair, but I couldna help thinkin it wasna like Mary to leave her mither like that.

I was daein her wrang, though, for there was anither thing I didna ken.

I learnt it frae my cuisin Jockie, whan I was back at the same hedge again, in the simmer, efter birds' nests. I happened to mention hou mony nests Mary had kent, and said it was a peety she wasna still at the Gill, when he gied me a queer sleekit look.

'Dan Finlay's gien her a bairn.'

'A bairn? Whaur did he get it?'

'He gied her it. Hou daes a bull gie a cou a cauf?'

I didna ken, and I didna like the look he had gien me, sae I ran awa up to the shed, whaur my grannie was weying the strawberries into fower pund baskets, and packin them into crates for the mercat.

'Grannie?'

'Ay?'

'Is it true that Mary Lauder has a bairn?'

'Ay. She has a wee lassie. She's Mrs Finlay nou, at Nether Affleck. Wha's been tellin ye aboot it?'

'My cuisin Jockie.'

'What was he sayin?'

I didna like to tell her what he had been sayin. She saw that I was haudin something back.

'He hasna been sayin ocht aboot the affair at Yule, has he?'

'Na.'

'I hope no. There's been ower muckle talk, and it frichtens folk.'

'What happened at Yule, grannie?'

'Dinna fash yer heid. Forget aa aboot it. Rin awa doun to yer grandfaither and tell him I'm running oot o crates.'

It was a lang time afore I fand oot what had happened at Yule, and by that time I wasna sae green.

This was the wey o it.

Whan Mary first gat mairrit she was able to gang aboot her mither ilka ither day, to keep her frae wearyin, but efter that, wi the bairn to fend for, she was haurdly able to rin doun to the Gill at aa, and her mither began to fret, especially for a sicht o the bairn. Tam gat that worrit to see her sae dowie that in the end he wad hear o nocht bune that the bairn suld be brocht to its grannie to bide ower Yule.

By this time Mrs Lauder had taen to her bed, in the

paurlour closet, but she could sit up and gaffer, and she had the hoose like a pictur. Tam had sortit some holly oot into dentie wee sprigs, and they had been struck up aa roun the room, some abune the mantel-piece, some abune the picturs, and some roun the bust o Rabbie Burns. There was mair in the big bedroom up the front stairs, whaur Mary was to sleep wi her Dan, and her ain wuiden creddle had been gotten frae the garret, to save her bringin the bairn's, and whan it was dune up wi lace, and laid atween the fire-end and the bed, wi a holly brainch stuck to the croun o its rufe, and a new rattle hung frae ane o its corners, it was like a fairy thing.

Mary didna ken it, but the feck o the wark on the creddle had been dune by the wee daftie.

It was snawin whan Dan drave doun wi the gig, but Mary had the bairn weill happit, and her ain cheeks were bricht wi the drive in the cauld. Tam liftit the bairn doun and cairrit it straucht in to Mrs Lauder, leavin Dan to look efter Mary and syne gang to the stable to tether his horse. Bye and bye they were aa roun Mrs Lauder's bed, and she was fair joco, sortin the bairn's hippen and deivin Mary wi guid advice. Tam and Dan had a dram, Mary had a gless o Madeira, and aa were in fettle for a grand Yule.

The efternune wore on, though, and Mary gaed up the front stairs to feed the bairn and gie it some sleep. Mrs Lauder lay doun. The fash had wearit her. Tam and Dan gaed doun to the kitchen to sleep aff their dram and wait for tea-time.

The twa dafties stertit to lay the table.

The bairn fed its fill and fell awa frae Mary's breist, sleepin at ance. Mary held it for a while, syne laid it in the creddle. She was sleepy hersell, for the fire had been made up heich and the room was cosie. She drew a big chair close to the fire and sat doun to nod.

It was hauf daurk whan she waukent. The fire was lown, and the winnock was smoored wi snaw. She shivert. Then her hairt lowpit.

Someane, ahint her, had poued tae the door.

She rase and gaed oot on the landin. The wee daftie was turnin the corner o the stair. Mary cried doun efter her.

'Whaur hae ye been? Hae ye been up here?'

The wee daftie turnt roun, a queer frichtent look on her face.

'I was told to put coal on the fire.'

'What wey did ye no, then?'

'You were asleep.'

'Sort the fire nou, then. Is the tea ready?'

'Yes.'

Mary gaed back and had a look at the bairn. It was sleepin soun. The wee daftie stertit to the fire. Mary stude watchin her, waitin for her to feenish.

'Hurry up, will ye, and win awa doun.'

The daftie feenished wi the fire and left. Mary had anither look at the bairn. There was nocht to gar her fash. It was still sleepin soun. She left and gaed awa doun for her tea.

In the kitchen the shutters were tae and the lamp was lichtit, and the table was laden. There were fower kinds o jam, a beylt ham, a muckle tongue, a black bun, a cherrie cake and a box o tangerines. Tam and Dan were staunin waitin.

'Oh there ye are,' said Tam. 'I was juist gaun to caa ye. Sit in, nou, baith o ye; and Mary, I think we'll hae grace.'

It was seldom Tam caaed for a grace. This tea was bye the ordinar. Aa through it the big daft ane sat by the kitchen fire, ready to fill up the teapot. The wee ane gaed back and forrit, whiles but the hoose to the scullery, whiles up the stairs to the paurlor to serve Mrs Lauder in her bed.

Tam and Dan ate fit to burst, and argied aboot fermin maitters. Mary sat quait.

Ootbye the efternune grew wilder. The roar o Stanebyres Linn, that ye could hear aye for ordinar, was drount in the bluster o the wind. Muckle wraiths o snaw fell aff the rufe and thunnert on the grun aneth the waas.

Tam turnt to Dan.

'It maun be turnin to rain.'

'Ay.'

It wasna lang afore the blatter o rain could be heard on the shutters.

'Thank the Lord for a rufe and a guid fire,' said Tam.

Aa at ance Mary strauchtent in her chair.

'Whaur's the wee daftie?'

They aa lookit roun. The wee daftie was oot. Tam turnt to the lang ane at the fire.

'Whaur's the wee ane?'

'I dinna ken.'

'Whaur did she gang last?'

'Up the stairs.'

Mary rase and ran up the stairs.

'I kent it. She's efter the bairn!'

Tam gied a twistit sort a lauch and said she had gane gyte. But whan a meenit passed and there was nae soun they baith grew solemn. And whan they heard her rinnin back doun the stairs again their hairts turnt to leid.

Whan she cam to the door her face was like daith.

'The creddle's tuim!'

'Shairly to God no,' said Tam, and stampit oot past her. Dan ran oot tae.

Syne they were back again, Tam yellin his heid aff. They trampit aa ower the hoose. The big ane gruntit in her sait. She kent naething, she said. Tam gat a lantern frae the scullery and gaed up to the front door.

Shair eneuch, there were futemarks in the snaw.

Tam telt Mary to bide wi her mither, but she peyed nae heed. She followed them up the drive.

The futemarks led to the auld coach-hoose, and in at the door. Dan had left his gig there, and they lookit aa roun it, but there was nae sign o a sowl. Then Tam saw the lether that led up to the laft, and stertit to sclim it. The ither twa stude watchin wi their hairts dingin. Tam gat his heid abune the level o the laft flair, and held up the lantern.

'She's here,' he said.

He gaed on up. Dan elbowed Mary oot o the wey and stertit to follow, but Tam cried doun.

'Send Mary up.'

Dan gaed back doun again to mak wey for Mary.

Whan she won into the laft her faither was staunin haudin the lantern, starin at the faur waa. The wee daftie was staunin wi her back to it, haudin the bairn to her breist, and her een were fair stricken wi terror. The bairn was greitin its hairt oot.

Mary made to gang forrit.

'Cannie nou,' said Tam. 'She'll mebbe hairm it.'

Mary peyed nae heed. She gaed forrit to the daftie.

'Gie me my bairn.'

The daftie grippit the bairn aa the tichter.

'Help me, faither,' said Mary, and grippit the craitur's twa wrists.

Tam stude the lantern on the flair.

'Leave her,' he said, 'and I'll grip her.'

'She'll mebbe let it drap.'

'Be ready to tak it.'

Tam took the wee daftie by the wrists and twistit, and Mary poued the bairn oot o her grip. As sune as Tam saw that Mary had it safe he felled the wee daftie to the flair.

'Ye suldna hae dune that, faither.'

'Mebbe no,' said Tam, wonerin what had come ower him. 'Is the bairn aa richt?'

'I think sae.'

'Thank God,' said Dan, frae the tap o the lether.

They left the wee daftie whaur she was and gaed awa back doun to the hoose. The bairn was aa richt, and was putten back in the creddle. Tam gaed to see his wife, to fin if she had heard ocht o the steer, but she was sleepin aff her tea, and kent naething. He made up his mind no to tell her a haet.

But he had forgotten the wee daftie, and he caaed for Dan, and the pair o them gaed back to the coach-hoose to fin her, ettlin to lock her in her bedroom till the doctor could be brocht frae the asylum.

They couldna fin her. She had rin awa.

Dan had to yoke his gig and drive awa to Kirkfieldbank for the polis, and there was an unco todae afore the wee daftie was fund, wanerin dementit on the back road to the Teaths, no faur frae the smiddy.

She was taen awa back whaur she came frae, and the big ane followed her the very neist day, and Tam felt weill redd o them. But his Yule was speylt, for aa that, for Mary had haen siccan a fricht that she wantit awa hame to Nether

Affleck, and Dan insistit on takin her. Mrs Lauder was hurt, for Tam wadna hae a word said to her aboot the bairn bein liftit, sae she didna ken what was at the back o things. She took a turn for the waur.

She took to her bed athegither then, and didna lest lang. Tam blamed himsell for tryin to save siller on a richt servant, and took to the bottle. Afore he gaed his place had run to ruin.

I LOED LINMILL wi aa my hairt, and wadna hae missed my holidays there for aa the gowd in Spain, but it had ae drawback. My faither aye cam doun at the week-ends, and though I likit him weill eneuch on the Seterday, whan he took my minnie and me for picnics to the Stanebyres Wuids or the Hinnie Muir, on the Saubbath I hatit him, for then he trailed us baith aa the wey to Lanark, to gang to the kirk, and syne hae denner wi his ain folk at the Gusset Hoose.

If it was mebbe the heich stiff collar he wore on the Saubbath that made him sae girnie and crabbit, it was the silly claes I had to weir mysell that made the day a misery for me. And o aa the weary Saubbaths that eir I spent, the warst was whan my minnie dressed me up in a new pair o breeks, wi a jaiket to match, in broun velvet claith, wi a yella blouse and a broun silk tie, wee yella socks like a lassie's, and silly shune wi buttons insteid o laces. For ordinar I wore coorse breeks and a guernsey, and tacketty buits.

The hat, tae, was like a lassie's, a big wide strae affair wi an elastic band that grippit roun the chin. It was ower ticht and hurt me.

I had seen the claes afore, whan they were first bocht. They had come in a box frae Hamilton and my minnie hadna lost a meenit afore tryin them on. But I hadna fasht muckle then because I didnae hae to gang oot in them, and was alloued to tak them aff, as sune as she was shair they were a fit, and gang awa oot and play.

But that Saubbath mornin I kent what I was in for, and dreidit the thocht o hou I wad look. Sae efter my breakfast I slippit oot and gaed awa doun across the Clyde road, and through the waal yett, and into a thick pairt o the waal orchard, amang some ploom trees, whaur I kent there were twa busses o sulphur grosets.

I had the front of my guernsey turnt up, and was fillin it wi the grosets, whan I heard my minnie's caa.

I didna let on I could hear.

Her caa cam nearer, sae I slippit faurer doun the orchard to the bank abune Clyde, and hid at the back o some hazels.

It was a mistake, for there was a wee spring waal near at haund, wi caulder watter than the waal faurer up, that was used for ordinar, and my minnie whiles cam to this waal, wi a milk can, for watter to drink, and she had trampit a wee pad through the lang gress.

She cam doun this pad nou, caain my name, and I could hear that she was growin gey angert.

Still I wadna hae let on I heard her, had I no heard my faither caain tae, and he soondit wud athegither. I kent that gin I didna gie mysell up I wad get a lickin bye the ordinar.

I ged forrit to my minnie with the sulphur grosets. I kent she was fond o them.

'I was pouin ye some grosets, minnie.'

She gied me a queer look, as if she kent I was leein, and took me by the haund.

'Ye'll hae us late for the kirk. Hurry.'

That was aa she said, for I didna think she likit the thocht o the trail to the kirk ony mair nor I did mysell, and whan we came alangside my faither, on oor wey back to the hoose, she pat in a word for me.

'I think he had forgotten what day it was. He was pouin grosets.'

But she took me into the big bedroom up the stair and dressed me in the new claes, for aa that.

Whan we had taen the road, and were walkin through Kirkfieldbank, my faither on ae side o me and my minnie on the ither, on oor wey to the service, I felt like a clippit yowe whan it leaves the fank and stauns hingin its heid in shame fornent its ain lamb, for hauf the laddies o the place were staunin at the brig-end wi naething to dae but stare, and I kent that whan we walkit past them they wad hae a guid lauch.

And shair eneuch, as sune as we drew fornent them there

was a lood snicker. My faither and my minnie walkit on wi
their heids in the air, but I turnt mine and gied a guid
glower.

It just made them waur. There wasna ane withoot a braid
grin on his face, and they grinned aa the mair whan they
saw I was nettlet.

Then, juist as we had passed them and were on the middle
o the brig, I heard ane o them sayin something aboot my
lassie's shune, and there was a lood roar. I had juist time
to keek roun and fin that the ane wha had spoken was Will
MacPherson, whan my faither gied me a teug and telt me
to waulk straucht or he wad clowt my lug.

Will MacPherson was juist my ain size. I vowed I wad
hae a bash at him the first time I met him by himsell.

It was a wearie walk up the Lanark brae, and we were sair
pecht when we won to the tap, but the easin o the brae brocht
nae relief, for whan we won to the fute o the Bloomgait we
could hear the kirk bells, and my faither streitched his lang
legs in case we wad be late. I had to rin, and my minnie
nearly burst her hobble skirt.

We won to the kirk door juist as the bells gied their last
clap, and my hairt sunk to my shune, for I kent then that
the haill congregation wad be sittin waitin, and wad stare
at me mair nor ordinar whan I gaed past the pews to sit
heich abune them aa in my ain chair aneth the poupit. For
though ither laddies sat wi their families in the body o the
kirk, my faither and mither sang in the choir, and I caaed
the haunle that pumpit the air into the organ.

To tell the truith, gin it hadna been for Denner-Time
Davie, the meenister, there wadna hae been a body in that
kirk o ony importance that wasna syb to me through my
faither, for my Lanark grandfaither was the precentor,
and conductit the choir wi a wee black stick; my aunt
Lizzie played the organ, watchin the wee black stick in a
lookin-gless hung aside her music; and my uncle Geordie
was an elder and gaed roun wi the plate. My Lanark grannie
bade at hame in the Gusset Hoose to hae the denner ready,
but she had a haund in kirk maitters tae, for it was she wha
made the communion wine, wi Linmill rasps.

As I walkit past the pews in front o my faither and my

minnie I felt shair that the haill congregation were splittin their sides, but whan I had won to my sait and lookit doun they aa seemed solemn eneuch, though I could see that Scott the draper and Lichtbody the lawyer were soukin peppermints.

Then I saw that Finlay o Jerviswuid's laddie was haein a fit o the giggles, and I could hae sunk through the flair wi shame.

Finlay's laddie was twice my size. I couldna bash him. I wad hae to gie Will MacPherson a double doze.

It seemed years afore Denner-Time Davie came in frae the session-room, like a hungert craw in his black goun, to clim to the poupit abune me and kneel doun to pray, and he couldna hae been very shair o his sermon that mornin, for he bade on his knees langer nor his ordinar, askin nae dout for guidance on the akward bits. I had anither look at the Finlay laddie, and whaneir his een met mine he took anither fit o the giggles.

I could hae grutten then, and I canna say I felt very fond o my minnie, though I worshipped for ordinar the very grun she walkit. What wey did she hae to dress me up like a jessie, thocht I, whan she kent I had to sit for sae lang fornent sae mony folk.

But Denner-Time Davie rase at last, and I rase tae, to tak my place ahint the curtain at the side o the organ; I was neir sae gled in aa my life to win oot o folk's sicht.

I stertit to caa the organ haunle. There was a wee lump o leid on the end o a string, that drappit as the organ filled wi air, and aye whan it was doun to the bottom mark on the side o the organ ye took a bit rest, and didna pump again till it had risen hauf wey to anither mark at the tap, that showed whan the organ was tuim. Weill, I pumpit till the leid was at the bottom mark, and syne sat doun on the organ bench, and insteid o keekin through a wee hole I had in the curtain, as I did for ordinar, to see wha werena singin, I fell into a dwam and thocht o Will MacPherson and the Finlay laddie, and what I wad like to dae to them for lauchin at my silly new claes.

I forgot the wee lump o leid.

I had Will MacPherson flat on the grun, face doun, and

was sittin on his back rubbin his neb in the glaur, whan aa at ance the organ gied a keckle like a clockin hen, and stoppit athegither. The singin o the congregation began to dee oot tae, though my grandfaither roared like a bull to encourage the choir, and by the time I had tummlet to what was wrang, and had lowpit for the haunle in a panic, the feck o folk had dried up.

The organ roared oot again, for my aunt Lizzie had keepit her fingers gaun, but I kent I was in disgrace.

For the rest o the service, till sermon time, I had my ee on that lump o leid like a craw wi its ee on a gun, but I was in sic dreid o the sermon comin, whan I wad hae to sit fornent the congregation again, that I didna fin it easy, and there were whiles whan I was in sic a panic I could haurdly dae richt. I was ower eager, and ance whan the wecht gaed a wee thing ower laich the organ nearly blew through the rufe.

Whan I gaed oot to my chair again to sit through the sermon, I daurtna lift my heid. I prayed to God that Denner-Time Davie wadna tak lang, but there maun hae been sin in my hairt, for my prayer wasna answert, and the sermon gaed on like a Kirkfieldbank kimmer at her kitchen door. It was aa aboot some burnin buss that didna burn oot, but gaed on lowin and lowin for aa time, and was lowin till that very day. The text was 'Nevertheless it was not consumed'. I had to mind the text, for at denner later on in the Gusset Hoose my grandfaither wad be shair to ask me what it was.

I keepit on sayin ower the text to mysell, and wonerin whan the sermon wad feenish, but still Denner-Time Davie gaed on and on, like the burnin buss itsell, till I thocht the twa were a pair.

It wasna juist the man's dreichness that bothert me. He had a big bible fornent him, lyin on a kind o cushion, and he had a habit o thumpin his bible to bring his peynts hame. Ilka thump he gied the bible drave the stour frae the cushion, and it rase in the air and syne settlet, and on its wey to the flair driftit ower my heid, for I was sittin juist aneth him, and it gat into my een, and up my nose, and whiles gart me sneeze. And I didna like to sneeze sittin up there fornent the congregation, for it gart ilka body wauken up and stare.

As the sermon gaed on, though, he lost his first fire, and thumpit at the bible less and less, and in the end I maun hae drappit aff to sleep, for whan he did feenish I didna notice, and had to be waukent by a shake frae my aunt Lizzie.

I was in sic disgrace by that time that I didna care what happened, and through the haill o the last hymn I pumpit the organ like to ding doun the kirk. The singin could hardly be heard.

When I gaed to the kirk door to wait for my faither and my minnie the folk were aa grinnin at me, and I hung my heid. My minnie, whan she cam forrit, lookit sae disjaskit that I gey nearly saftent, but the crabbit look in my faither's een set my back up again, and I determined to sulk aa day.

Naither o them said a word. They took me by the twa haunds and poued me up the Bloomgait to the Cross, and syne up the Waalgait to the Gusset Hoose, liftin the hat and noddin to this ane and that, as perjink as could be. But I kent by their grip that they were gey sair angert wi me.

The Gusset Hoose stude at the heid o the Waalgait whaur the road dividit into twa, ae brainch gaun oot to the Lanark Loch and syne to Hyndford Brig, and the ither gaun doun to the mills at New Lanark. It was a hoose wi an air to it. It had been a toun hoose at ae time for some laird frae Carstairs, in the days whan the gentry left their ootler castles in the daurk and wat o winter to bide whaur they could be close to ane anither and divert themsells wi parties and cairds.

But for aa its grand air I can seldom think o the Gusset Hoose withoot smellin mince, for I canna mind a Saubbath whan we had ocht else, and the mince aye had rice in it to gar it spin oot. That I could swalla, but the sago that came efter it was mair nor I could stammack. It was like puddocks' eggs in a dub and gart my innards turn.

Whiles, if aa had gane weill in the kirk, and I could reel aff the text whan I was speired at by my grandfaither, I wad be alloued to leave my sago efter a spunefou, and gang oot to the gairden to look at the flouers. But no that mornin. Insteid

o speirin for the text whan he came in my grandfaither gied
me a glower.

'What was wrang wi ye in the kirk the day? Ye were a
fair disgrace.'

He lookit sae awesome in his tail-coat and dickie that I
couldna fin a word to say.

My faither turnt on me.

'Answer whan ye're spoken to.'

'The Finlay laddie was lauchin at my silly new claes.'

My aunt Lizzie liftet her een in horror to the rufe, and
my minnie shook me till my teeth rattlet.

'Dinna stert aa that nonsense again. Yer claes are gey
bonnie. Ye're a luckie laddie to hae claes like thae. I'm
shair he is, uncle Geordie?'

My uncle Geordie gied me a glower tae, and turn to my
faither.

'He needs a guid leatherin. Ye're ower saft wi him,
John.'

My grannie syne began to speir, and the haill story o the
ongauns in the kirk had to be telt five times to her. By the
time she pat the sago in my plate I could thole nae mair.
I sat still and wadna touch the spune.

My faither took me into ane o the bedrooms and gied me
a richt guid lickin.

The rest o the day was sic a misery that I can haurdly
mind ae pairt o it frae anither. Begrutten though I was, they
didna leave me in the hoose, but poued me ahint them again
whan they took their walk to the graveyaird to look at aa the
faimily heid-stanes.

Efter that cam tea in the big front paurlor, wi my
grandfaither sittin like God in his heich-backit chair, the
muckle faimily bible on the flair at his feet, and a stourie
aspidistra in the winnock ahint him. The aulder folk crackit
till the tea was brocht in, aboot maitters abune my heid, and
whan I had lookit for the hundredth time at the wheen picturs
on the waas, o dour auld MacLellans and MacCullochs in
lum hats and lang side-whiskers, or mutches and shawls, I
felt sae wearit o sittin still that I couldna help but gant.

My grandfaither glowered at me again like the Lord in
His wrath, and I trummlet sae muckle wi fricht that whan

my aunt Lizzie haundit me my cup o tea I skailed the haill clamjamfray on the rug.

I gat anither clowt for that.

Syne back to the kirk again, for the service at ein, but this time they didna trust me wi the organ. I had to sit in my Linmill grandfaither's pew at the back o the kirk, while the Finlay laddie took my place abune the congregation. As ye wad imagine, whan the folk saw that I had lost my job they had to turn roun and stare, and this time they couldna hide their glee. I could hae scartit their een oot.

The Finlay laddie pumpit to perfection. There wasna a faut to fin. I could hae grutten wi spleen.

Whan we won oot o the kirk at last, and took the lang road hame to Linmill, I had ae thocht in mind, to rin on aheid o my faither and my minnie and fin Will MacPherson in Kirkfieldbank.

But wad they lowse their grip? Deil the fear! We were nearly at the fute o the Kirkfieldbank brae whan they gied me my freedom, and I had to rin sae hard to win ayont their caa that whan I did fin Will MacPherson, in Chalmers the coachman's yaird, I was oot o braith.

I gaed up to him in a blin rage and struck him on the gub.

The wee couard didna fecht back. He stertit to bubble. And an auld wife gied a skelloch frae her winnock.

'I saw ye! I saw ye! Awa, ye young deil, afore I win at ye wi my dish-clout!'

Folk began to gether aa roun the yaird, amang them twa big brithers o Will MacPherson's.

The auld wife gaed on wi her skrechin.

'The puir wee laddie wasna lookin near him, and he ran up and lammed him on the mou!'

I backit for the yaird yett, but I was ower late. The twa big brithers gaed for me at ance.

By the time my faither and my minnie cam alang the road I was rinnin wi bluid, and there wasna a haill steik in my new claes. The twa big MacPhersons had gane, but the auld wife was there to tell the haill story, and insist that it was aa my ain faut.

My faither was bleizin mad wi me for the rest of the wey hame, and my minnie was greitin.

I gat anither lickin afore I won to bed that nicht, and was sae sair aa ower that I could haurdly lie in comfort, but I telt mysell as I tossed amang the blankets that there wadna be anither Saubbath for a haill week, and in ony case I wadna hae to weir the velvet claes ony mair, for my Linmill grannie said they wad haurdly mak guid dusters, they were sae faur gane.

Wi that I fand my ease, and gaed to sleep.

7. THE ROBIN

THE STABLE AND byre at Linmill were on opposite sides o the closs mou, and ilk had a winnock that lookit oot on the closs, but there was a corn kist at the stable winnock, wi a slopin lid that was ower steep to sit on, sae if ye wantit to sit and look oot into the closs ye had to gang to the byre, whaur there was a sait ablow the winnock for the daft men, whaur they could bide efter lowsin-time till they had to gang inbye to bed.

The byre could haud ten kye, and whiles it was fou, for my grandfaither whiles brocht on young beasts if he had mony parks in hey, but for ordinar there was juist the ae cou, for milk and butter for the hoose.

If the byre was tuim in the winter ae end o it was aye piled wi fire-wuid, for in the back end, efter the weedin was bye, my grandfaither wad cut doun ane o the auld beeches aside Clyde, to let licht into the strawberries, and it was poued up to Linmill by the fower horses, and sawn in the closs, and the muckle logs cairrit into the byre by the daft men to be split wi the big aix whan wark was slack in bad wather.

On my Christmas holiday I used to gang to the byre to sit on the sait at the winnock, whiles to watch my grandfaither or Joe the Pole swingin the big aix, and whiles, if aa the men were thrang somewhaur else, juist to look oot into the closs.

I was sittin ae efternune aa alane, for the men were oot on the Clyde road wi the snaw-plew, and I hadna been alloued to gang, for I had been oot wi them in the forenune and gotten soakit to the skin, and my grannie said she wad hae nae mair claes o mine to dry in the beyler-hoose, there was hardly room for anither steik. I had gane to the beyler-hoose, thinkin to sit at the warm beyler fire, but the steam in the place was past tholin, sae I had to be content wi the byre.

54

There was deep snaw in the closs, save whaur the snaw-plew had been driven frae the cairt shed to the closs mou on its wey oot, and in the snaw there were futemarks, ae lot atween the back entry and the hen-hoose, anither atween the back entry and the milk-hoose, and anither atween the milk-hoose and the barn. Ye could tell aa that had gane on that day juist by lookin at the futemarks.

Some ane gaun to the hen-hoose, Daft Sanny mebbe, had skailed some corn in the snaw juist fornent the byre winnock, and there were dizzens o birds at it, speuggies and shuilfies and a blackie or twa, and ae wee robin. I dinna ken what cam ower me, for I suld hae kent better, but the mair I watchit the robin the mair I wantit to catch it, no to hairm it, but juist to haud it in my haund.

I wadna hae thocht o it, mebbe, gin it hadna been that juist a wheen days afore I had been telt by my cuisin Jockie, that if ye pat doun some corn, and syne set a riddle ower it, wi ae end o the riddle restin on a bit o stick wi a lang string tied to it, ye could hide somewhaur oot o sicht wi the string in yer haund till birds cam to the corn, syne pou the string, and the riddle wad tummle on the birds and trap them.

I couldna ask my grandfaither for the lend o a riddle, for he wadna be back till daurk, and I didna want to gang near my grannie again, for she was in a bad tid, sae I juist gaed to the stable without a word to onybody. I kent there was a riddle there, for my grandfaither used it to shake dirt oot o the locusts, that the horses ate wi their trecle.

I fand the riddle aa richt, then stertit to look for a lang bit o string. There was nane in the stable or the byre, but I kent there were big round rolls o it in the barn, whaur it was used for dernin up bags whan they were filled wi tatties.

I gaed into the closs mou and listened for a while. There was nae steer at the back entry. I slippit across the closs to the barn door, usin the auld futemarks.

It was gey daurk in the barn, but I fand the string near the door, and it cam ower me aa at ance that I had nae knife to cut it wi. I wasna bate, though, for there were a wheen heuks in the barn, and I used ane o them.

I slippit back to the byre again, and fand a bit o stick,

and in a wee while I was ready for the trappin. I set the riddle ower the corn Daft Sanny had skailed in the snaw, and efter a while managed to balance ae end o it on my bit o stick, syne took the end o the string to the byre winnock. The fute o the winnock had wuiden shutters insteid o gless, and I opent ane o them and pat the string end through. Syne I gaed into the byre and sat doun on the sait, wi the string in my haund, ready to pou it if the robin hoppit into my trap.

For a lang time nae birds gaed near it, and I was beginning to think my cuisin Jockie was a leear, and the birds had faur mair sense than he thocht. But in the end alang cam a speuggie, and syne anither, and afore lang there were aboot hauf a dizzen, aa peckin at the corn aneth the riddle, and I could hae catchit them wi nae bother by juist pouin the string.

I began to think they wad hae aa the corn peckit afore the robin cam near.

But syne cam a shuilfie, and I grew hairtent again. Shairly if a shuilfie could come, a robin micht tae.

But nae robin cam for a while yet, though there were three shuilfies by nou, ane o them a bonnie cock. I thocht that if the warst cam to the warst I could be content wi the cock shuilfie, but nae suner had I thocht it than the cock flew awa.

There was gey little corn left, I was shair, and I had juist made up my mind then that a hen shuilfie wad dae me, whan doun flew the robin aff the hen-hoose rufe.

It hoppit for a while aa roun the riddle, gey cannie, and keepit cockin its heid frae ae side to the ither, watchin for cats, mebbe, or mebbe for folk, but I sat as still as daith and it didna see me.

In the end it hoppit in aneth the riddle, and my hairt gied a lowp. I poued the string and naething happened. It was ower slack. I drew in the slack and poued again. The stick cam awa and the riddle tummlet, and a bird or twa flew awa wi a frichtent chacker, but whether the robin was wi that lot, or trappit in the riddle, I didna ken.

I gaed oot into the closs and had a look. There were three birds in the riddle, twa wee speuggies, flutterin like mad, and the robin. But the robin was hurt. The edge o the riddle had come doun on its wing.

I felt a richt bruit, I can tell ye, but it was ower late nou to think o lettin the puir thing gang. Wi its wing hurt it wadna be able to flee, and a cat wad get it, or a hoodie craw. I wad hae to keep it for a while, and feed it, till its wing was better.

But I hadna gotten it oot o the riddle yet.

It was a problem, for I kent that if I liftit the thing the birds wad juist scatter. I didna care about the wee speuggies, and I kent that the robin culdna win faur, but for aa that I was keen to grip it in case it micht win somewhaur oot o my reach, into a corner o the cairt shed, mebbe, ahint some graith, whaur a cat could win at it, but no me.

I made up my mind to lift the riddle wi ae haund, and grip the robin wi the ither, but I was sae feart to hurt it that I began to trummle, and couldna lippen to my haund.

I sat for a wee on my hunkers to try and steady mysell, but the mair I thocht o hurtin the robin the mair nervous I grew, and I began to wish my grandfaither was there to help me.

But the speuggies were in sic a panic, and the wee robin was lyin sae twistit and quait, wi its een shut ticht and its beak wide open, that I kent I wad hae to dae something sune.

I slippit my richt haund alang the riddle edge to whaur it lay on the robin, wi my fingers spread oot ready to grab, and grippit the riddle wi my left.

I sat for a while makin up my mind, wi my hairt fair thumpin, syne breinged at the job ower hard.

The riddle flew awa to the byre waa, and the two speuggies scattert in the snaw, and my richt haund fastent on the robin.

I didna grip it richt, though, for I had its bad wing atween my pinkie and my third finger, and I was shair by the wey it clawed me wi its lang peyntit taes, and skreched wi its beak wide open, that I was hurtin it.

I didna drap it, though. I cheynged it to my left haund, makin shair I had its twa wings lyin close alang its sides, and held it wi its heid stickin oot atween my thoom and my first finger, and in a wee while it fastent its taes roun my pinkie, and lay content. Its een were still shut, but its hairt was gaun a dinger, and I kent there was life in it yet.

I wonert whaur I could pit it.

I had seen cages for birds at the Hannah's in Linville, for ane o the Hannah halflins used to catch linties wi bird lime and keep them in cages till they were weill eneuch used to them to sing, and syne he selt them. I had whiles wantit to hae a cage wi a lintie, but my grannie wadna hear o it. She had aye said it was hairtless, keepin birds in cages. Sae there were nae cages at Linmill.

I thocht mebbe a box wad dae, but I was feart to gang to my grannie wi a robin and ask for ane, for I kent she wad be mad wi me for hurtin the craitur, and I was fair at my wit's end, and wishin hard for my grandfaither, whan I thocht o the clocker's caivie.

The caivie was used ilka spring, on the green fornent the hoose front door. As sune as a hen stertit clockin my grannie pat it into a coop wi a wheen cheenie eggs in it, and if it took to them she sent my grandfaither oot efter daurk, wi a kleckin o rale eggs in a basket, to slip his haund aneth the hen and tak the cheenie eggs awa, ane at a time, pittin the rale eggs in their place. In the mornin, afore the hen was alloued oot for its corn and watter, the caivie was laid against the front o the coop, to keep the hen frae wanerin aff and lettin the eggs get cauld. It bade there till efter the hen had kecklet, to keep the chicks frae wanerin tae, and the wire nettin it was made o was gey smaa in the mesh. I thocht it wad haud my robin.

In the winter the caivie wad be somewhaur in the cairt shed, sae I gaed there to look.

I fand it at last, laid against the bumper, and had a gey job settlin it flat on the grun, for I had juist the ae haund I could use, and the meenit I exertit mysell to move the caivie I fand mysell grippin the robin ower ticht, and it dug its taes into my pinkie.

I gat the caivie on the grun, though, and warkit some dirt roun the edges wi my shune, to mak shair that the robin couldna slip oot ablow them, but there was still the open end to contend wi. In the end I fand the coop, and drew it up fornent the caivie, though it took aa my strength, and I squeezed the wee robin again. But the job was dune. There were twa wee cleiks to haud the coop and the caivie thegither, and whan they were baith fastent there was nae wey oot.

There was a wee lid on the tap o the caivie, that my grannie used whan she gaed to feed the clocker, and I opent this and held the robin weill doun. Syne I opent my haund and let it gang.

I was sae feart it micht win oot through the lid that I drew awa my haund ower quick, and the puir thing fell on the grun. It lay for a while as if deid, but whan I was leanin ower to fasten the lid I banged a fute against the wire nettin, and it gaed into a panic, flappin its ae guid wing, and spinnin like a peerie in the dirt, puir thing, till it was ower tired to move ony mair.

I had a job to keep frae greitin, but I could see it wasna deid, and I determined that as lang as there was life in it I wad try to save it. Sae I ran to the back entry and stude listenin. There was nae soond in the haill hoose. I slippit into the scullery and took a scone frae the breid crock. Syne I took a saucer frae the bunker and filled it wi watter in the back entry, frae ane o the pails, and gaed awa back to the caivie.

The wee robin had moved. It was couryin in a corner, still as daith, but when I opent the lid to lay doun the saucer and scatter some crumbs o the scone, it opent ae ee wide, as if to see whit was whaat.

I began to think it micht come roun yet, but I couldna wait ony langer, for I could hear frae the steer at the closs mou yett that the horses were back wi the snaw-plew.

I was watchin my grandfaither lowsin the harness whan my grannie cried me in for my tea.

I sat and said naething, wonerin what I could tell her gin she askit me what I had been daein, but she gaed on aboot the snaw, and what a nuisance it was, till the daft men cam in for their tea at the side table.

Syne my grandfaither cam in frae the stable, and the first words he said gart me bite my tongue.

'What's that riddle daein at the byre winnock? I left it in the stable.'

'I haena touched yer riddle,' said my grannie.

My grandfaither turnt to me.

'Were you playin wi the riddle, Rab?'

'Ay.'

'Ye micht hae putten it back then.'

'I'll pit it back efter my tea.'

'Ye're ower late. I pat it back mysell.'

It was aa he said, sae I didna tell him what I had been daein wi it. I made up my mind to keep the robin a secret.

I didna win oot again to see it that nicht, and I lay for a lang while no sleepin, and wishin I hadna listent to my cuisin Jockie. I didna faa asleep till near mornin, and whan I waukent it was late.

My grandfaither had taen his breakfast and gane awa oot withoot me, to clear the snaw on the Lesmahagow road, and it was juist as weill, for if I had been up and he had offert to let me gang wi him he wad hae thocht it queer that I wantit to bide at hame.

Whan I saw my grannie thrang at the dishes I slippit oot to the cairt shed.

There was a cat lyin flat fornent the caivie, a wild ane frae the barn that wasna fed, for feedin wad hae keepit it frae huntin, and its job was to catch the barn rats. It was starin at the front o the coop.

The wee robin wasna in the caivie, and there was nae wey it could hae gotten oot o it save into the coop, sae I jaloused that the cat had frichtent it, and it had gane into the coop oot o sicht.

I hissed at the cat to frichten it awa, but it juist stared up at me wi its een wide, and didna budge an inch. I liftit my haund to let on I was gaun to throw something at it, and it moved a wee to ae side and spat.

I felt gey frichtent.

I wonert if the cat could lift the caivie lid, for it was a gey cunnin ane. In the simmer whan the Donegals bade in the barn they used to keep the milk for their tea in a can aside the stove, and the cat used to cowp it, and skail the milk, and syne lap it up aff the flair. A cat that could dae that could dae onything.

A thocht cam to me then. Mebbe the robin wasna in the coop at aa. Mebbe the cat had gotten it.

It wasna likely, mind ye, but I juist had that wee dout, and I couldna rest till I had lookit in the coop to see if the robin was there.

I liftit a stane and lat flee at the cat, and it streikit awa ahint the bumper. Syne I liftit the twa wee cleiks and poued the coop back frae the caivie.

I micht hae kent what wad happen. The wee robin fluttert oot o the coop, and whan I tried to grab her to pit her in the caivie again she hauf flew, hauf hoppit, till she was in ahint the bumper wi the cat.

The bumper was leanin against the waa, and it was faur ower heavy for me to move. It had to be heavy, for it was used for brekkin doun the lumps efter plewin, in ony field that was to be plantit oot wi strawberries.

I kent what I wad dae. I wad hammer on the bunker wi a stick, and frichten the cat oot o its wits.

But nae suner had I turnt awa to look for a stick than the cat streikit oot, wi the robin in its mou, and gaed for the barn like a bullet.

I gaed into the barn, but aa its winnocks were shuttert, and save at the door I couldna see. Whaureir the cat was wi the robin, it wasna in the licht.

I graipit my wey to the lether that led up to the milk-hoose bothy, and lookit up there, but there was naething. It was gey daurk up there tae, for the skylicht was smoored wi snaw.

I telt my grandfaither the haill story that nicht at bedtime, whan my grannie was thrang in the scullery, washin the supper dishes. He rase aff his chair.

'We'll hae a look in the barn,' he said.

He gaed ben to the scullery and lichtit a lantern.

'Whaur are ye gaun?' said my grannie. 'It's past Rab's bedtime.

'We're gaun oot to the barn. It's juist a wee maitter atween oorsells.'

'Ye speyl that laddie,' she said.

My grandfaither took the lantern to a corner o the barn whaur there was a pile o tuim tattie-bags.

'There's what's left o yer robin,' he said.

There were juist a wheen o feathers, scattert ower ane o the bags.

I stertit to greit.

He pat his haund on my shouther on the wey back to the hoose.

'Never heed, son,' he said. 'Ye'll ken no to dae it again.'

LINMILL WAS a fruit ferm, and grew maistly straw-
berries, but my grandfaither believed in giein auld strawberry
grun a rest, and wad whiles plew up a field or twa and pit it
into tatties, and syne into corn or neeps, and syne into hey,
and whan he had mair hey nor he needit for the horses and
the hoose cou, he wad buy in some young beasts to bring
on. Sae whiles there wad be a winter wi the byre fou, and
whan that happent the byre beyler-hoose was a grand place
to sit on a cauld efternune, for in thae days neeps were beylt
and fed to the beasts in the trochs aneth their hey racks,
and baith the beyler fires wad be gaun, and wi the warmth
o them, and their lowe in the hauf daurk, and the smell o
the beylin neeps, the place was gey hamely.

I used to hae grand cracks wi my cuisins at the beyler-
hoose fires, aboot the queer weys o the daft men, and sic-like
maitters. But the ae efternune I hae in mind nou, the crack
had gotten on to poachers. The Kirkfieldbank colliers were
the warst poachers, my cuisin Jockie said, for they didna
juist gang for hares and rabbits. They gaed efter phaisants,
and that was a serious maitter, for the fermers themsells
were forbidden to shoot phaisants, my cuisin said, but
chokit them wi dried peas.

Nou that was an unco thing, and we had to be telt aa
aboot it; hou the colliers bored a hole in ilka pea wi a
needle, syne cut the hairs aff a pig's back, and poued a
hair through ilka hole, and whan they had gotten a haill
jaur o peas threidit wi pigs' hairs, they sawed them in the
orchards, whaur the phaisants were kent to feed, and in
the mornin the phaisants were fund deid. The pigs' hairs
in the peas had chokit them. My cuisin Bob said he wad
like to try that, and the twa began to woner whaur they
could fin a pig. There were nae pigs at Linmill. The ae

63

pig they could think o belangt to Muir at the Lesmahago
road-end, and they didna ken hou they micht win at it to
cut the hairs aff its back. They were tryin to get me to ask
young Fred Jubb to tak us up to see the pig, for Muir was
young Fred's uncle, whan my grandfaither cam in frae the
byre and telt them to rin awa hame to Linville for their tea.
They lookit gey putten oot, for it was snawin ootbye, and
gey cauld, and Linville was a gey wey awa, and they were
ettlin to be askit to bide and hae their tea at Linmill. I felt
gey sorry for them whan they had to rise and gang awa.

As sune as they had gane my grandfaither cam in frae the
byre again wi a wheen sticks o beech-wuid that had been
split frae a log. He had some taurrie twine, tae, in a big
baa, and whan he sat doun in the sait that Jockie had left,
he took oot his big gullie.

'I had to send them awa,' he said, 'for I dinna want that
Jockie ane to ken what I'm daein.'

'What is it ye're daein, grandfaither?'

'I'm makin pegs for the traps!'

'Traps?'

'Ay. I'm gaun to trap the Linmill mairches the morn.
There are faur ower mony rabbits aboot, and they hairm
the young strawberry plants, scrapin the crouns oot o the
grun.'

'Ye're gaun to trap rabbits?'

'Ay.'

'And what wey dae ye no want Jockie to ken?'

'The less that young deil kens the better. Gin he kent
I had traps set he wad be oot afore me lookin through
them aa.'

'To steal the rabbits?'

'Na na, juist to fin them afore me. He canna keep his
neb oot o a thing.'

'What are the pegs for?'

'To keep the rabbits frae draggin the traps awa. There's
a chain on ilka trap, and the chain's tied to a peg, and the
peg's driven into the grun.'

'Can I see a trap?'

'No the nou. I want to hae the pegs cut afore it's time
to feed the beasts their neeps.'

'Will ye show me a trap later on?'

'It'll be yer tea-time by them. I tell ye what, I'll show ye the traps in the mornin afore I tak them oot to the mairches.'

'Grandfaither?'

'Ay?'

'Can I no come wi ye to the trappin?'

'Speir at yer grannie,' he said.

He aye said that to try to get quat o me, but I didna gang yet, for I wantit to see him makin the pegs. He shairpent ilka stick to a peynt, syne cut a notch aa roun the ither end, and tied a length o taurrie twine to the notch. He warkit till he had made a dizzen, syne said it was time to feed the beasts. The smell o the neeps whan they were putten into the trochs aye made me hungry, and I was gled whan we gaed inbye for oor tea. I speired at my grannie aboot the trappin.

'Ye canna gang if it's snawin.'

'Can I gang if it's no snawin?'

'What daes yer grandfaither say?'

'The laddie can come if he likes. He'll be company for me.'

'Dinna let him haunle the traps, then. He micht get his fingers catchit.'

'Dinna fash.'

As sune as I waukent in the mornin I rase and lookit oot o the winnock. The haill closs was thick wi snaw, but there was nane faain, and I kiltit up my goun and did a dance. Efter breakfast I followed my grandfaither into the barn. He took the traps aff a cleik on the barn waa, and we gaed into the byre and sat doun at the winnock. Aa the auld pegs on the traps were rotten, and sae was the twine that held them to the trap chains. He stertit to tak the auld pegs aff, and I stertit speirin, and afore lang he had to stop his wark to show me hou a trap was set. Ye pat yer fute on the lang spring aside the chain, and pressed it doun, and the jaws o the trap opent till they were lyin flat, and the square airn plate that lay atween them was catchit in a notch. Whan a rabbit stude on the airn plate the notch flew back, and the spring lowpit up and brocht the jaws ticht thegither,

and the rabbit was catchit by the legs. It was gey hard on
the puir things, my grandfaither said, but he couldna hae
rabbits speylin the strawberry plants, and there was nae
ither wey o gettin redd o them save by usin ferrets, and ye
couldna use ferrets if their holes werena on yer ain grun. I
had seen a ferret ance, in a hutch and whan I had putten
oot my haund to gie it a wee clap it had tried to bite me,
and gin I had been a rabbit I wad hae thocht ferrets waur
nor traps.

But bye and bye he had aa the new pegs tied on, and
we were oot on the mairches, weill rowed up in tap-coats
and mufflers, lookin for places in the hedge whaur the
rabbits cam through. We fand ae place efter anither, and
my grandfaither set the traps. He said ye had to be carefou
to cover them up, sae that naething was seen o them, or the
rabbits wadna gang near. There was nae snaw aneth the
hedges, and he laid the traps amang mouls and withert
leaves, and whan they were set he drew some leaves ower
the jaws, and some mouls ower the airn plate, and gey
cannily he gaed aboot it, for fear he wad touch the airn
plate and set the spring aff. He said anither thing ye had
to mind was whaur ye set the traps, sae that ye could fin
them again, and aye afore he left ane he lookit aa roun to
fin some mark, like an ash plant in the hedge amang the
thorns, mebbe, or a big stane by the ditch, or mebbe juist
the distance frae a yett. Whan the dizzen traps were set we
had haurdly covert the mairch wi Tam o Law's, and my
grandfaither said he wad hae to get mair traps or the job
wad take aa winter.

The snaw cam on again whan we were gaun inbye for
oor denner, and it snawed sae hard aa efternune that he
telt my grannie at tea-time that he was shair the roads wad
need clearin in the mornin, if there were to be ony vans wi
butcher-meat or breid.

Whan I rase in the mornin he was oot and awa, and I
was sair disjaskit, for I had wantit to gang roun and look
the traps. The snaw had gane aff, sae I was allooed oot to
play, though I was telt to be shair and no wade ower the buit
heids. I gaed aboot the closs for a while, though wi aabody
awa it was gey dreich. I gaed into the stable and had a look

at the twa horses that werena oot, syne I gaed into the byre
and watchit the beasts munchin their hey, syne I gaed into
the beyler-hoose. The fires hadna been lichtit yet, and it
was gey daurk and cauld. In a wee while I had slippit oot
o the closs mou. I couldna keep my mind aff the traps. My
grandfaither had said the day afore that he wad be lookin
them first thing in the mornin, but I thocht that mebbe wi
the roads needin clearin he had forgotten them, and if there
were ony rabbits catchit they wad still be lyin oot.

But could I mind whaur the traps had been set? I gaed
to ae place efter anither, feelin shair that I had been there
the day afore, but ae ash plant was juist like anither, and sae
were the stanes dug up oot o the ditch at the hedge fute,
and it was my grandfaither, and no me, that had meisurt aa
the distances frae yetts; and nae suner had I gane forrit to a
place whaur I was shair there was a trap than I fand I was
wrang, for deil a trap could I fin. They had been ower weill
hidden. But in the end I fand the last trap we had set, ane at
the heid o the tap park at the faur end frae the Lesmahagow
road. It was easier to fin nor the ithers, mebbe, because it
was lyin juist whaur a hedge atween twa o Tam o Law's
parks met the mairch wi Linmill. But it wasna juist that
aither. It hadna been hidden weill. There were nae leaves
ower the jaws, nor mouls ower the wee airn plate.

I sat on my hunkers weill in by the hedge, thinkin that
shairly if there had been a rabbit in ony o the traps I wad
hae seen it, and I could haurdly believe that my grandfaither
had dune aa his wark for naething. Ae thing was shair, he
had haen nae chance o catchin a rabbit in the last trap, it
was sae plain to see.

I wonert if I could try to hide it better, but I had seen
hou cannie my grandfaither was, whan he was coverin them
up, and I kent it was a gey kittle maitter. Shairly, though,
I could drap a wheen withert leaves ower the jaws withoot
pittin my fingers near them. I gaed alang the hedge and
gethert some, though they were gey near into mouls wi
the winter sae faur on, and ill to fin, but afore lang I
had gethert aa I needit, and drappit them ower the trap
frae weill abune it. They fell doun on it lichtly, and gey
near covert it, but no juist to my likin. Ye could still see

ane o the jaws stickin up, and hauf o the wee airn plate. I pat doun my haund and warkit some o the leaves ower the ae jaw that was still showin, and managed to hide it at last. Nou for the airn plate. I had to pit my fingers inside the jaws to win at the mouls on it, but I thocht that if I was licht wi my touch, and juist gied the mouls a wee bit tig and drew my haund awa like lichtnin, I wad be safe eneuch.

I was wrang. I had to lean forrit a wee to rax ower to the trap, and I lost my balance. My haund gaed doun on the airn plate wi aa my wecht abune it. The jaws lowpit up and fastent on fower o my fingers, juist ablow the knuckles. I had been scaudit ance, whan a pan o saut fish had faaen aff the Linmill range, and the pain in my haund was juist like that scaud. And no juist my haund: I could feel it in my breist tae, and in ae side o my neck. It was mair nor I could thole, and I grat oot lood.

I dinna ken hou lang I grat, doun on my knees, leanin on the haund that wasna catchit, and juist wishin I could dee. I cried for my grandfaither, ower and ower again, syne I cried for my grannie, and in the end I was cryin for my minnie, though she was awa in Hamilton wi my daddie.

Nae help cam, and the pain grew waur, and I kent I wad hae to dae something by mysell. I thocht I could mebbe get my fute on the spring and lowse the jaws, but I couldna staun up, and though I managed to get my fute on the spring I could pit nae wecht on it. Then I thocht o tryin to pou the peg oot o the grun, but I had juist ae haund, and it wasna eneuch. I began to see that if naebody cam I wad be there till it grew daurk. I tried to lift the trap aff the grun sae that I could turn roun, but the wecht o the trap made the pain waur, and I had to pit it doun afore I had managed to move.

I tried turnin my heid and lookin ower my shouther, and for a wee while I had a view o the hallie ablow me, wi Linmill lyin in the middle. I could juist see the snaw-covert rufes, and the back waa o the cairt shed. The closs mou was on the side o the steidin, juist oot o sicht, and the hoose was at the faur end, facin the ither wey. It wasna likely that onyane no lookin for me wad come in sicht, and I didna feel I could yell muckle langer. I had to stop lookin, for the twistin o my heid threw me oot o balance, and I could feel my wecht gaun ower on my sair haund. I sat and grat again, and began to woner whan they wad miss me. Shairly by tea-time, whan my grandfaither cam back wi the snaw-plew. But I wadna see the plew comin back, wi the closs-mou oot o sicht, sae that was smaa comfort. And whan they did miss me they wadna ken whaur to look, for I hadna said whaur I was gaun. I began to feel shair I wad be oot aa nicht, and wad dee o cauld and stervation, and I gat into a panic and roared like a bull, but naebody heard me, for I gied a pou at the trap and managed to turn hauf roun, and aa I could see was the white snaw and the blank waa o the back of the steidin. My pain gat sae bad wi the pouin at the trap that I had to gie up roarin and juist sit and thole.

I heard a terrible squeal then and lookit alang the hedge, and saw something movin. It was a rabbit, catchit in anither o the traps. I stertit to greit again, into mysell. Then I heard my grandfaither caain my name. He was faurer alang the hedge, comin my wey. I answert him and he saw me, and cam rinnin forrit. In a wee while he had putten his fute on the spring and opent the trap jaws, and I drew my haund oot. When I saw it I gey near fentit. Whaur the teeth o the trap had grippit my fingers they were juist aboot cut in twa. The skin wasna broken, though, but it was crushed richt into the bane, and the teeth marks were blae. The ends o my fingers were like talla. My grandfaither liftit me and pat my heid on his breist and carrit me awa doun hame.

He said no a word aboot me gaun to look the traps. Naither did my grannie, but she yokit on to my grandfaither for lettin me gang wi him whan he set them, and caaed him a sumph and a gommeril and aa that was stippit, till he lost his temper wi her and telt her to shut her gub. I didna want ony tea, and my grannie pat me to my bed. They gaed on flytin at ane anither aa through tea-time, till I wished wi aa my hairt they wad stop.

Then I mindit.

'Grandfaither?'

'Ay, son, what is it?'

'There's a rabbit in a trap, grandfaither. It was squealin.'
'Whaur?'
'Alang the hedge frae whaur ye fand me.'
'Ay weill, I'll get it in the mornin. Gang to sleep, if ye can.'
'Grandfaither?'
'What is it nou?'
'The rabbit was squealin, grandfaither. I wish ye wad gang and let it oot o the trap.'
'There wad be nae peynt in lettin it gang, son. It's legs'll be hurt.'
My grannie gaed for him.
'Then for guidness' sake awa and pit it oot o its misery. He winna sleep a wink till ye dae.'
My grandfaither rase withoot a word and gaed awa oot again, and I lay and tholed my pain till he came back.
'Did ye kill it, grandfaither?'
'I had to, son. It wad juist hae deeit gin I had let it gang.'
I lay and grat for a while, into mysell, and my grannie and grandfaither sat in their chairs by the fire, as still as daith, no sayin a word.
I maun hae drappit aff to sleep in the end, and in the mornin I could haurdly feel my sair haund, though the marks were still there, and bade there for weeks; and I neir heard as muckle as a mention o rabbits for the rest o that holiday.

IN THE CLOSS at Linmill, no faur frae the hoose back door and richt aneth the stable winnock, there was a muckle lump o stane used as a sait, though it was gey cauld on the dowp gin the sun hadna been on it for a while first to warm it.

That was whaur I sat the first day I had my heid cowed, and what a day that was.

As faur as I can mind ye had to be aboot fower-year-auld in thae days afore they wad let ye aff weirin petticoats and pit ye into breeks, and till ye were into breeks ye had to weir yer hair lang, like a lassie.

It didna fash ye, mind ye, till ye began to loss yer freinds, and loss them ye did as sune as they had growen into breeks and haen their heids cowed. Then they seemed aa at ance to see something aboot ye they had missed afore, and ran awa and left ye to play by yersell, or fin new freinds amang the younger bairns. They werena gaun to be seen wi ye ony langer. Ye were juist like a lassie.

It was fashious whan it happened, but as I say, there was a lang time whan ye juist took it for grantit that, lassie or laddie, ye wore lang hair and petticoats, and, to tell ye the truith, there was a time, though it seems hard to believe, whan I was prood o my hair, for I had glossie reid ringlets that my minnie spent hours on, twirlin her kaim through them ane efter the ither like she did her ain, then, whan they were aa ticht, tyin them into a bunch on the croun o my heid wi a silk ribbon.

My curls won me a lot o attention, for my maiks aa had hair like towe, moussie and straucht, and mony a sweetie I was gien, or cake or biscuit if the baker's van had caaed, by the lassies frae Kirkfieldbank or Donegal that cam aboot the ferm to pou the strawberries. In fact, some o them made

71

ower muckle o my hair, and wad try to lift me up and kiss me. Black Aggie managed it ance, and I can mind the smell o her braith to this day. She was nearly aye fou, was Black Aggie, and drew awa aa day on a cuttie cley pipe. Sae ye can weill imagine.

But there it was. I had a heid o hair like naebody in the place, and it won me a lot o attention, and mony a titbit, and for a while I was prood o it. As for my minnie, she fair dotit, and whan folk praised it to her face, and said there was nae dout whaur I had gotten it, for her ain hair was juist as curlie, and glossie tae, she wad purr like a cat wi pleisure.

The day cam, though, whan I began to want into breeks, and hae my hair cut short like ither laddies. I had gane wi my cuisin Jockie and young Tam Baxter o the Falls, baith aulder nor mysell, to the fute o the made walk abune Stanebyres Linn, whaur there was a sait for the folk that peyed sixpence up at the Falls hoose to Tam's mither Martha and cam doun the made walk to see the view.

It was gey awesome at that sait, for ye lookit straucht ower an airn railin into the face o the Linn, a muckle sheet o watter roarin doun into space. Gin ye had the nerve to lean on the railin and look doun, and it took some nerve, I can tell ye, because the stanchions o the railin were driven into the very lip o the rock, and didna hae muckle grip: but if ye did hae the nerve and lookit doun ye could see naething, for the force o the watter whan it hit the pule ablow filled the air wi spray. It wat ye, tae, and wi that, and the trummlin o the grun aneth yer feet, ye werena inclined to linger, though if the aulder laddies had taen ye there ye tried yer best to look gallus.

Nou, this day, Jockie and young Tam Baxter had heard frae Tam's aulder brither that there was a wey doun frae the made walk to the pule ablow the Linn. The Saumon Hole, the pule was caaed, though there had been nae saumon in Clyde for years, Tam's faither said, wi the watter sae dirty frae Hamilton doun, for the saumon had to come frae the sea. But the Saumon Hole it was caaed, for the saumon had ance been held there by the Linn, and couldna win faurer up the watter, and it had a queer fascination, for ye couldna see it frae the bank abune, as I hae said, for the spray, and ye couldna see it frae faurer doun the watter, for at the tail o it the watter took a turn, and left it oot o sicht in a neuk.

Weill, this day Jockie and young Tam Baxter were determined to win doun to the Saumon Hole, and though they didna invite me to gang alang wi them, they alloued me to follow them the length o the Falls sait.

Then they stertit to look for the wey doun. Jacob's Lether, it was caaed, said young Tam, and telt us a story he said was oot o the Bible, but Jockie said he didna see hou it could be the same lether, for Jacob bade in the Holy land, and that was somewhaur no near Clyde, and different athegither.

It wasna lang afore they fand the stert o the wey doun, at a bit near the sait whaur a wee dribble o a burn oot o Tam Baxter's orchard gaed through ablow the made walk in a cley drain, and then ran doun a nerra gully in the steep bank abune the watter. The pad they had been lookin for gaed doun the bank asides this bit spoot, and at first it didna look bye-ordinar steep, yet for aa that whan they had sclimmed the railin and were ready to stert aff on their wey doun to the watter they telt me to gang hame.

'I want to come wi ye, Jockie,' I said.

'Awa hame. Ye're ower wee.'

'I want to come wi ye.'

'Awa hame whan ye're telt,' said young Tam Baxter.

'Ay,' said Jockie, 'ye couldna sclim doun here in thae petticoats. And yer ringlets wad taigle in the briers. We'll tak ye doun some day whan ye hae short hair and breeks. But we canna tak ye like that.'

'Ay,' said young Tam Baxter, 'this is nae place for bairns.'

'I'll follow ye,' I said.

'Ye'll stick,' said Jockie.

'And we'll no wait for ye,' said young Tam Baxter. 'Come on Jockie.'

And wi that they set aff doun the pad.

I sclimmed the railin and gaed efter them, and Jockie saw me.

'If ye tummle ye'll faa on to the rocks and get killed,' he said.

'I want to come wi ye,' I said.

'If ye dinna gang back hame I'll pelt ye wi divots.'

He tore a divot oot o the bank and lat flee at me, no hard, but some dirt cam aff it whan it was gaun past my heid and gaed into my een. I had to staun for a while blinkin to wark the dirt oot, and by the time I could see again Jockie and Young Tam Baxter were doun roun a bend and oot o sicht.

I stertit to sclim doun efter them.

At first the pad gaed doun amang a lot o plants wi lang peyntit leaves that tore in yer haunds gin ye tried to tak a grip o them, and smelt juist like ingans. But it wasna bye-ordinar steep, and I sune passed the wild ingans, if that's what they were, and cam to a shelf o rock whaur the spoot o watter gethert into a wee pule, and then disappeared ower the edge. The pad left the spoot at this peynt and gaed roun to the richt alang a shelf o rock aneth the rutes o a big ash tree growin oot o the bank, and syne doun a wat slide whaur the shelf o rock endit, on to a grassie ledge. On the wey doun the wat slide there was a lang thick ash rute that ye could haud on to like a railin, but what wad happen efter ye cam to the gressie ledge ye juist couldna tell. Aa ye could see frae the tap o the slide was the ledge and syne space.

Jockie and young Tam Baxter maun hae gane that wey, though, sae I grippit the ash rute ticht and stertit to sclim doun the slide. My feet couldna grip it sae I juist sat on my dowp, and gat my petticoats wat. But the ash rute held firm and I lat mysell doun haund ower haund, and afore alang I had won to the gressie ledge.

It led back to the left aneth the shelf o rock, and syne ahint the watter o the spoot, and ahint the spoot the grun was saft wi watter, and I could see Jockie and young Tam Baxter's futemarks.

Sae I kent that was the wey, and made efter them.

In ahint the spoot the watter dribblet ower my heid, and ran doun my neck and in aneth my claes, but that wasna aa that fasht me.

It was the saft wat grun. For juist whan I was aboot three quarters o the wey across it, and near the firm grun on the ither side, it stertit to slip, and there was naething to haud on to. I wastit nae time thinkin. I juist glued my een to the firm grun and ran, and though I slippit a wee at ilka step, I won the ither side afore I had slippit to the lip o the slope. Gin I had dune that, I dout, I wad hae been ower wi the spoot into space.

Ance on the firm grun I sat doun, and for a while I couldna gar mysel look roun. I juist glued my een to the grush atween my knees and waitit for my heid to stop birlin.

Syne I had a keek at whaur the pad gaed neist, and afore lang my heid was on the birl again, for it gaed on oot o sicht alang the fute o a steep rock, and juist on the peynt o gaun oot o sicht it grew sae nerra it was frichtsome.

I waitit for my heid to stop birlin again, and lookit to mak shair there was nae ither wey Jockie and young Tam Baxter could hae gane, but there was nane. The pad gaed alang that ledge, there was nae dout.

I kent I juist couldna face it, and that I wad hae to gang back, and I could hae grutten wi spite.

Then I thocht o the slippery wat grun aneth the spoot, and I kent I couldna face that again aither, and, though I tried my best no to, I grat in the end.

Syne I began to see that I couldna bide there aa day, for Jockie and young Tam Baxter wad likely gang doun the watter whan they had won the fute o the bank, and mak thir wey back to the made walk doun aboot Carlin, and maybe wadna fin oot that I was stuck till it was ower daurk to come to my help, and wad hae to tell my grandfaither, and maybe fetch oot the polis, wi lanterns. At the thocht o it I roared like a bull.

And whan I realised that naebody could hear me abune the roar o the Linn I cried oot lood for my minnie, and my grannie, and my grandfaither, and ein my cuisin Jockie himsell, till I hadna a braith left in my breist.

Syne in fair desperation I telt mysell that gin it had been possible to come doun it maun be possible to gang back, and I made mysell tak anither look at the saft wat slope ahint the spoot.

There was hinnie-suckle growin frae the rock at the heid

o it, and the main brainch was thicker nor a finger. Shairly it wad be strang eneugh to haud me.

I made my wey ower to it and tried. At the first pou it cam richt awa frae the rock, and I gey nearly fell ower backwards. Syne the very rute itsell stertit to pou oot o the grun. I lowsed my grip as if I had haen my fingers brunt, and sat doun again, back on the firm grun.

In the end I made up my mind that the ae wey back ower that saft wat slope was the wey I had come, at a rin, sae I stude up and faced it, gluein my een hard to the firm grun on the ither side, and tryin no to look at the fullyery awa doun on the ither side o Clyde, and the tuim space atween.

Aa at aince I ran for it, and was across afore I kent I had stertit.

I could haurdly believe it. I was sae pleased wi mysell I gaed the length o thinkin o gaun back again, and tryin the ledge alang the fute o the steep rock, to see what happened whan it gaed oot o sicht, and I declare I wad hae tried it, gin I hadna thocht first o tryin to see if I could look doun at the faur awa fullyery withoot my heid birlin. It birlt, aa richt, and I had to sit for a while lookin at the gress atween my knees again afore I could force mysell juist to gang back hame the wey I had come.

I managed it, though whan I was pouin mysell up the wat slide by the ash rute I gat my knees cut, and anither soakin as weill, and by the time I had won back ower the wild ingans and on to the made walk I was a gey tousie sicht.

But I was fair pleased wi mysell, aa the same, for winnin back across that saft wat slope efter bein feart o it, and I began to tell mysell that if Jockie and young Tam Baxter had been there to daur me on I wad hae won doun to the Saumon Hole wi nae bother.

Sae efter I had won back hame and haen a row frae my minnie for makin sic a sicht o mysell, and teirin my guid claes, and cuttin my knees, I stertit to prig at her for breeks and short hair.

'Ye shairly dinna want to loss yer braw ringlets,' she said.

'I want short hair and breeks, like a laddie.'

'Ye're no big eneugh yet for short hair and breeks.'

'I'm juist as big as Jockie.'

'Ye're no sae auld.'

'I'm juist as big.'

'But ye dinna want to loss yer braw ringlets.'

'I hate my ringlets.'

'I like yer ringlets, son.'

'I hate them.'

'Ah weill, we'll see.'

I keepit on at her ilka day efter that, and ilka time I brocht the maitter up she tried to mak oot she had forgotten, but the day cam at last whan she gied in, and bocht me a pair o breeks frae Willie Mitchell the packman, and gat my grandfaither to hae a word wi Tam Finlay up at Nether Affleck. Tam had been a shepherd, and they said he could cowe a heid o hair wi a pair o sheep shears as weill as Sandy Morrison the Lanark barber could dae it wi hair shears and clippers.

Tam Finlay cam doun frae Nether Affleck ae Setterday efternune, and my minnie pat me into my new breeks and took me oot to the stane sait aneth the stable winnock.

'No ower short, Tam,' she said, 'and dinna speyl the ringlets. I wad like to keep them.'

'Aa richt, Lizzie,' said Tam, and laid haud o me.

'Sit still, Rab,' he said.

I sat as still as daith, though it was hard, wi the hair frae the shears gaun doun my neck atween my claes and my skin, and ticklin me. But I tholed it like a Trojan, thinkin hou I wad sune be able to follow Jockie and young Tam Baxter aboot withoot aye bein telt to gang hame.

'There ye are, ye can staun up nou,' said Tam Finlay, whan he had feenished.

'Oh Rab,' said my minnie, and stertit to greit.

My grannie was lookin on, and she grat tae, but my grandfaither didna.

'Ye made a guid job of that, Tam,' he said. 'Come on inbye and hae a dram.'

'Thank ye,' said Tam.

'Can I rin awa and play nou?' I askit.

'Na na,' said my minnie, 'ye'll hae to come inbye and let

me see if I can gar it lie doun wi a brush and kaim and some
cauld watter.

She took me inbye and wat my heid and syne kaimed
it, and brushed it, and syne kaimed and brushed it again,
and aye wi the tears rowin doun her face as if her hairt was
brekin, till I was smittlet, and stertit to snivel mysell.

'What's wrang, hinnie,' she askit, 'are ye sorry efter
aa?'

'Na,' I said. 'I want oot to play.'

'Awa wi ye, then,' she said, no very pleased.

I ran aa ower the ferm lookin for Jockie, and fand him
i the end wi anither cuisin frae Linnville, inside the hedge
o the front gairden, talkin in whispers.

I gaed up to them, fair preenin mysell, like a peacock.

'Oh Jockie,' I said, 'can we gang doun to the Saumon
Hole efter tea-time?'

'It's auntie Lizzie's Rab,' said Jockie.

'Guid God,' said big Tam Hannah frae Linnville, 'I wadna
hae kent him. What hae they dune to him?'

'He's lost his ringlets,' said Jockie.

'Look at his lugs,' said Tam Hannah. 'They're like saucers.
And I wadna hae thocht his neb was sae lang.'

'He's no very stoot aboot the legs, aither,' said Jockie.
'Ye'll hae to sup mair parritch, Rab, nou that ye're into
breeks.'

'Thae buttoned shune dinna help ony,' said Tam Hannah.
'God, he's a sicht.'

I could hauardly believe my ears, and I didna bide to hear
ony mair. I ran back to the hoose as hard as I could, and
slippit in at the front door and up the stair to my minnie's
bedroom. There was a gless there abune a kist o drawers,
that ye could turn on its middle, and first I tried to turn
it sae that it was facin doun at me, but I couldna get it to
bide still lang eneuch to let me see mysell, sae I sclimmed
up on a chair and brocht it doun on to the flair, and stude
it against the kist o drawers whaur it had to bide the wey
I wantit it, and syne had a look.

I juist couldna thole it. I wadna hae kent it was me. Gin
I had met the laddie in that gless ootbye I wad hae peetied
him. I slank oot o the hoose again by the front door and

syne roun to the stable, and sclimmed up a travis into the hey laft, and lay doun and grat.

My grandfaither fand me there whan he cam lookin for me at tea-time.

'What's wrang wi ye?' he askit.

I telt him.

'Man,' he said, 'ye suldna fash yersell. Aabody looks like a skint rabbit the day they hae their heid cowed. Hae ye neir seen me?'

'Na.'

'Weill, juist you hae a look at me the neist time I come hame frae Sandy Morrison's. I can haurdly thole to be seen.'

'But my legs are sae skinny.'

'They juist look it the nou. It's because yer breeks are a wee thing shorter nor yer auld petticoats, and ye're showin white abune the knees. Wait till the sun wins at ye, and ye'll look fine.'

'Are ye shair?'

'Ay, come on in for yer tea.'

I kent ein at the time that he was leein, juist to please me, but in the end I got uised to mysell, and the ithers seemed to get uised to me tae.

THE STEIDIN AT Linmill was biggit in a square, wi the hoose in the middle o the side facin Clyde. Inside the square was the closs, and the ae wey in save through the hoose front door was by the closs mou yett, atween the stable and the byre in the side facin up the watter. In the side facin doun was the barn, and a shelter for cairts, open to the closs, and the side awa frae Clyde was the same, an open shelter for cairts and lorries.

There were twa drives up to Linmill frae the Clyde road, ane frae near the Lesmahagow road-end, juist abune Linville, and the ither frae the Falls, and they had an orchard atween them in the shape o a horse shae, for they jeyned at the hoose front door. But the drive at the Linville end cam up the side o the steidin tae, to the closs mou yett, and was the wey into the closs for the Linmill cairts. Efter it won the closs mou yett it gaed on, although ye could haurdly see it for weeds, alangside the steidin to the corner at the byre beyler-hoose, and syne alang the back o the lang cairt shed to the corner efter that, and syne up a brae atween twa dry-stane dykes to a yett leadin into a gress park.

This park was Johnnie Muircraft's, and the wey in by the Linmill drive was the ae wey to win at it, for it lay wi the haill fower sides o it mairchin wi ither folk's grun.

Johnnie Muircraft was a shepherd that bade in Kirkfieldbank, and if he had ony ither grun I didna ken, or whaur it was, but for as lang as I can mind he had the gress park up bye the Linmill steidin, and he whiles keepit sheep in it, and had a big black wuiden shed that he keepit lockit, for it was fou o daurk green bottles wi pousin prentit on the labels. I ken that because my cousin Jockie ance gaed in by the winnock and fand oot, though my grandfaither said he had nae richt to gang into Johnnie's shed, and the pousin was juist for killin wee beasts like flaes, that pestert the sheep.

The bye ordinar thing aboot Johnnie Muircraft's park was that it was flat. It did faa doun a wee at the faur end, to the Helsgill Burn, but frae the yett abune Linmill to the stert o that slope it was the flattest park in the place, if no the ae flat park athegither.

That was what brocht the Linville colliers to it, afore the Auchenheath races. They cam to practise their rinnin.

It was aboot Easter ae year, the first time I saw them, for there were yella lillies oot in the front green, though the trees in the front gairden were still bare. I had been doun across the Clyde road in the waal orchard wi my grandfaither, watchin him cuttin the tips aff the groset busses, to gar them fruit better, he said, and I began to feel the cauld, and said I was gaun hame, and I had juist won to the waal yett, and was gaun to stert lookin baith weys afore crossin the Clyde road, whan a gang o men cam roun the bend frae up the watter, Linville wey, and made straucht up the Linmill drive.

I felt like askin them whaur they thocht they were gaun, but there were ower mony o them for the like o me, and they were ower auld onywey. Syne I thocht o rinnin for my grandfaither, and I was juist turning to gang back through the waal yett, whan at the tail end o the men I saw a wheen laddies, and amang the laddies my cuisins, Jockie and Bob.

Bob caaed ower to me.

'Come on, Rab. Come and see the racin.'

I ran ower and jeyned him, and they were aa gaun that hard I had a job to keep up.

'Whaur are they gaun?'

'Johnnie Muircraft's park. They're gaun to practise for the Auchenheath races.'

'Races?'

'Ay. Ye get siller gin ye win a race at Auchenheath.'

'At Lanark,' I said, 'they race wi horses, and the winner gets the Toun Siller Bell.'

My daddie had telt me.

'At Auchenheath,' said Bob, 'it's the colliers that dae the racin, and the winners get siller.'

By that time we were pechin, and faain ahint, and we had to hain oor braith for the brae up to Johnnie Muircraft's yett. We had haurdly haen time to win through it and fling oorsells doun in the gress afore some o the men were pouin aff their claes and pittin on thin white simmits and wee blue breeks, and warkin their knees up and doun as if they were rinnin, but withoot movin frae ae place til anither, and ae aulder man had taen a watch in his haund, and made a mark on the grun, and was walkin awa to the faur end o the park abune the burn wi twa younger men efter him, haudin a raip atween them, and whan he had coontit oot sae mony steps he made anither mark, and the twa men stude and held up the raip, and the man wi the watch cam back, and stertit to caa oot names, and the men wi the wee blue breeks steppit forrit, ane efter anither, and gaed doun on ae knee whaur he telt them, wi their haunds restin on the grun, and lookit straucht aheid o them at the twa men haudin the raip, wi a kind o desperate look in their een, as if to say they wad be there first or dee tryin.

The man wi the watch gied them a talkin, though, and sent anither younger ane awa doun to jeyn the twa wi the raip, tellin him to haud up his haund the meenit the first rinner touched it, syne he said he wad stert them wi a birrel, though at Auchenheath they wad be stertit wi a gun.

Weill, he lookit at his watch, and he blew his birrel, and awa they gaed, but he didna allou them to gang faur. Back they were brocht, time and time again, because he said they hadna stertit richt. I began to think we wadna see a single race afore daurk.

'What daes he keep stoppin them for, Bob?' I askit.

'That's the Linville trainer,' said Bob. 'He wants them aa to stert like bullets. Gin ye dinna stert like a bullet ye hae nae chance.'

In the end he lat them rin, and rin again, and the winner was aye a collier caaed Dan Finlay, that ran frae the back mark, and nae maitter hou faur forrit the trainer lat the ithers stert, Dan Finlay could aye catch up wi them and pass them.

Ye could hear the men sayin aa roun that he wad win at Auchenheath against onybody that cam. They wad pit

their last shillin on him, they said. It wad be Linville's
year.

I wonert hou they could pit a shillin on him and it was
Jockie that telt me. It was like backin horses. Gin ye pat
a shillin on a horse and it didna win ye lost it, sae ye had
to be gey shair it wad win gin ye were willin to back it wi
the last shillin ye had. And that was what the Linville men
were willin to dae for Dan Finlay.

As for mysell, I wad hae lain doun and lutten him
dicht his buits on me, I was that taen on wi him, and
whan I saw him haein his legs rubbit doun wi stuff oot
a bottle, by twa o his freinds, I was gey curious to ken
what it was.

'What's that stuff?' I askit Bob.

'Embrocation,' said Bob. 'It's for his muscles.'

Ane o Dan Finlay's freinds heard him.

'This is horse embrocation,' he said.

The meenit he said it I mindit the smell.

'What wey horse?' Bob askit.

'The common stuff has nae fushion,' he said, and he and
his freind gaed on rubbin, while Dan lay his full length and
pechit.

'Bob,' said I, 'come on doun to the Linmill stable.'

'What for?' he askit.

'I'll show ye something.'

Sae he followed me back through the yett and doun
the brae, and roun and in by the closs mou yett to the
Linmill stable, and I took him to the winnock, and peyntit
to the sill.

'See that bottle,' I said.

'Ay,' said Bob.

'It's horse embrocation.'

'Hou dae ye ken?'

'That's what my grandfaither caas it. He gat it frae Hilton
the chemist at the fute o the Waalgait, ae day in Lanark, for
the sprain in Daurkie's faur hin leg.'

'It's a pousin bottle,' said Bob. 'I ken by the colour.'

'Dan Finlay's was in a pousin bottle,' I said, 'and it's the
same stuff. Smell it.'

And I drew oot the cork.

'Ye're richt,' he said. 'It has the same smell. But pit the cork back. Hae ye gotten ony on yer haunds?'

'Na,' I said. 'But Dan Finlay's freinds were rubbin it on wi their haunds.'

'They werena feart,' said Bob.

'My grandfaither rubs it on to Daurkie wi his haunds. It maun be safe as lang as ye dinna drink it. I think we suld try it.'

'Try it? What for?' Bob askit.

'For oor muscles,' I said. 'We could train for the races at the Congregational trip.'

'That'll no be for months yet.'

'Aa the better. The langer we train the faster we'll growe. We could get Jockie to be oor trainer.'

'Aa richt,' said Bob.

'No a word, though,' said I, 'aboot the embrocation. We'll keep that to oorsells.'

The upshot was the neist time the Linville colliers cam to Johnnie Muircraft's park, Jockie took Bob and me, and young Tam Baxter and young Fred Jubb, and tried us oot ance or twice, and young Fred Jubb was aye the fastest, wi Bob and me last, whiles Bob and whiles me.

It was fashious athegither, but we had said naething aboot the horse embrocation, and we thocht that gin we gied ilk ither a rub doun wi it efter the efternune's rinnin we wad be faster the neist day, sae whan Jockie lat us gang we stertit back doun again for the Linmill stable, and took the bottle wi the embrocation up to the hey laft, and Bob lay doun first to hae his rub frae me.

I did juist what Dan Finlay's freinds had dune, tuimed some o the embrocation into ae haund, pat doun the bottle, and rubbit my twa haunds thegither. Syne I laid my haunds to ane o Bob's legs, and rubbit for aa I was worth.

'Can ye feel ony heat?'

'Oh ay,' said Bob.

'Ye rub it till it dries on ye,' I said. 'It's beginin to dry nou.'

'Dae my ither leg, then.'

I did his ither leg, syne it was my turn, and shair eneuch, whan he pat his haunds to me and rubbit I could feel the heat, and I thocht to mysell a week or twa o this and we'll baith be as fast as Dan Finlay, but aa at ance Bob stoppit the rubbin.

'My legs are nippin,' he said.

'That'll be the fushion.'

'It's sair,' he said.

'If it's aa richt on Dan Finlay it canna dae us ony hairm. Are ye gaun to feenish me?'

'My legs are nippin. It's sair.'

'Feenish my ither leg.'

'I want to gang hame.'

'It isna fair. I feenished you.'

'It nips ye,' he said. 'Ye'll see for yersell.'

I did begin to feel a nip in the ae leg he had dune, but I was that keen to bate young Fred Jubb at the rinnin that I telt Bob to gang hame gin he wantit, and did my ither leg mysel.

He was richt. I hadna richt won doun frae the hey laft and putten the bottle back on the sill, afore my legs were baith nippin as if they had been scauldit, and afore lang the pain was bringin tears to my een.

And I fair catchit it whan grannie came to bath me that nicht, fornent the kitchen fire. The first thing she noticed was the smell.

'What's the smell?' she askit.

'Embrocation.'

'Embrocation. What hae ye been daein wi embrocation?'

'Giein mysell a rub doun, like Dan Finlay the rinner.'

'It's burnin the skin aff yer legs. Whaur did ye get it?'

'In the stable. It was horse embrocation.'

'Juist wait till yer grandfaither hears aboot this,' she said. 'And ye can thank the Lord I noticed yer legs in time, for gin I had putten them into hot watter it wad hae been gey near the end o ye.'

She covert my haunds and legs wi my minnie's cauld cream, and syne gart me gang to my bed.

Whan my grandfaither cam in I heard her yokin on to him for leavin the embrocation lyin aboot.

'Supposin the laddie had drunk it,' she said.

'He didna,' said my grandfaither.

'Supposin he had.'

'The laddie has mair sense.'

'He gey near burnt the skin aff his legs.'

'He wad see the men usin it. A lot o them dae.'

'Men hae faur teucher skins.'

'Aa richt, aa richt,' said my grandfaither, 'I'll lock it awa, but it was haundie, whaur it was.'

Wi no haein the benefit o the embrocation Bob and I could growe nae faster, and in the end Jockie had us baith haudin the raip for the ithers, and the colliers thocht sae muckle o young Fred Jubb whan they saw him rinnin that they telt him he wad win at the Congregational trip against onybody that cam.

But the Auchenheath races cam first, and I priggit at my grannie for a shillin, to pit on Dan Finlay, but she said sixpence was eneuch, but gied me an extra sixpence to ware on lemonade and pies and I thocht I wad juist sterve and pit on the haill shillin.

I gat a lift wi Jockie and Bob in a float frae Linville, belangin to a cuisin o my minnie's, and we gaed awa doun the Clyde road gey near to Hazelbank, and gey bonnie it was, wi the flourish comin oot on the plooms; and syne to Auchenheath itsell, an ugsome place wi pitheids and bings and railway trucks and rees o coal; and the wind rase and the rain cam on, and the races were a fair misery, and I thocht I wad ware a sixpence efter aa, in the big tent whaur they selt lemonade and pies, but they selt mair nor lemonade, said Jockie, and gin a laddie wantit ocht he had to fin a man to fetch it oot for him. Sae I keepit the sixpence, efter aa, and gied my haill shillin to Jockie, to pit on Dan Finlay, for there was a maist fearsome crowd round the bookie, and he was an unco lood craitur. I dinna ken hou Jockie fand oot whan Dan Finlay was to rin, but whan the time came he had us aa ready to watch, aboot hauf wey atween the sterter and the raip, but there were sae mony ithers watchin, and maist o them men, that I could haurdly see ocht for legs. I had my taes trampit, tae, and had taen my een aff the coorse, whan there was a pistol crack and the crowd stertit to shout, and I saw the rinners pass atween the men's legs, but couldna see the feenish; and I had lost Jockie and Bob, and couldna fin them.

The first Linville laddie I saw was young Fred Jubb.

'Wha won?' I askit.

'A man frae Lesmahagow,' he said.

I had lost my shillin.

'Wha was second?'

'I didna ken.'

'Was it no Dan Finlay?'

'Na,' said young Fred. 'Dan Finlay was last.'

Last, and him wi a skin teuch eneuch to tak horse embrocation. I could haurdly believe it.

I wantit to gang hame but I had to wait for the float, and I was sae wat and cauld I wad hae selt my sowl for a hot pie, and wi a shillin I could hae bocht a haill hauf dizzen, but I was skint.

Whan we did set aff it was a gey dowie hurl hame, in the beltin rain thrugh the hauf daurk, wi aabody disjaskit. Jockie did ask young Fred Jubb gin he wad be gaun to Johnnie Muircraft's on the Monday, to gang on wi his trainin for the Congregational trip, but young Fred juist said he wad see. Naither he nor the colliers gaed near Johnny Muircraft's again, and though Jockie was mebbe a wee thing disappeyntit—for he was fair taen on wi himsell as a trainer, wi his auld watch and his birrel—I was gey relieved, and sae was Bob, for it was dreich juist haudin the raip for ither laddies.

THERE WERE WHILES three daft men at Linmill, whiles mair, but the anes I mind best were Daft Sanny, Johnny Kirkhope, and Joe the Pole. They had a big bedroom wi twa built-in dooble beds and a white jamb fireplace, lyin at the ither end o the front lobby frae the kitchen, and it was keepit as bricht as a new preen, for men frae the Coonty Cooncil, like Murdoch o the Teaths, cam ance a year to hae a look, and see that they were weill lookit efter. They had their meat in the kitchen, at a table by the winnock, juist afore the rest o us had oors at the big table in the middle o the flair, fornent the fire.

They werena alloued into their bedroom to sit, save at ein in the winter, whan it was airly daurk. Then my grannie aye lit a big fire for them. On simmer eins, or in wat weather in the winter, whan they couldna wark ootbye, they sat in the auld byre, on a sait by the winnock, lookin oot on the closs. Mind ye, they had wark to dae ein in the auld byre, for ance a year, at the stert o the winter, a big beech was cut doun, and whan it was sawn into short lengths it was taen to the auld byre and stackit, and the daft men spent the wat wather in the winter sawin it up and choppin it into logs.

Apairt frae the wark in the auld byre, they had their ain jobs ootbye. Daft Sanny did the reugh wark aboot the hoose, polishin the grate and scrapin pats, and gaun to the waal across the Clyde road for watter. Johnny Kirkhope and Joe the Pole warkit oot in the parks and orchards, delvin in the winter atween the berry beds or roun the bottoms o the busses, but Johnny wasna muckle use. He seemed to be aye tired, puir sowl, and was aye slippin awa to hae a sleep, and he was caaed Johnny-Hide-the-Pea. Joe the Pole was a guid warker, though, if ye left him alane, though he

wadna wark on the Saubbath, ein in the simmer, whan aa
they had to dae that day was walk up and doun amang the
strawberries, bangin on a tin tray wi a parritch spurtle, to
keep the craws aff the fruit. He was religious, was Joe, and
aye prayin, movin a wee bit o thick black tabawkie frae ae
haund to the ither, and mutterin into himsell.

Their main job in the simmer, through the week, was
cairryin in the baskets o berries frae the parks, to my
grannie in the shed. This brocht them into contact wi the
folk that poued the fruit, the Donegals and the weemen frae
Kirkfieldbank, and whiles wi ither folk tae, that cam aboot
the shed, and there was whiles some bother, for folk that
didna understaun them wad whiles lauch at them, and if they
noticed, they were gey angert. Joe the Pole wad hae naething
to dae wi onyane save my grandfaither or my grannie, and
peyed nae heed to ony ithers, juist giein them a glower and
walkin past them, but Daft Sanny and Johnny Kirkhope
fair enjoyed a crack wi ony that didna lauch at them. For
they were baith collectors.

Johnny Kirkhope collectit watches. Mind ye, naebody eir
gied him a watch that wad gang. Aa he gat were broken anes
and toy anes oot o luckie-bags, but onything that lookit like
a watch gied him pleisure, whether it gaed or no.

Daft Sanny had mair sense, for he collectit pennies, and
naebody could gie him a bad ane. Ye wad hae wonert at aa
the pennies he gat, ane frae my faither ilka Setterday, whan
he cam for the week-end, and ane aye frae the meenister,
Denner-Time Davie, whan he cam for his tea. And he
gat ithers frae the vet, and the tea-traiveller, and Willie
Mitchell the packman, and ein frae the Donegals, whan
they were fou. They aa seemed to think it a great divert
that Daft Sanny gethert pennies, and haundit them ower as
if siller juist grew in their pooches. I wonert gey aften what
Sanny did wi aa thae pennies, for he neir spent them. There
was juist the ae shop near the ferm, Martha Baxter's at the
Falls, and I neir saw him near it. Then ae day I fand oot.

The meenister had caaed, airly in the efternune, and whan
he had shaken haunds wi my grannie and me and sat doun
in my grandfaither's big chair at the kitchen fire, my grannie
sent me oot to the hen-hoose to fin twa eggs for his tea.

The hen-hoose was straucht across the closs frae the hoose back-door, at the end o a lang cairt-shed that lay open to the closs, whaur the hens scartit in wat wather. There was a stane waa atween the cairt-shed and the hen-hoose, and up in this waa, juist ablow the riggin o the rufe, was a wee hole for the hens. To win through it they had to sclim up frae the cairt-shed flair by a plank wi slats nailed to it, laid against the waa like a stair. They were aye quait eneugh gaun up this lether to roost whan daurkenin cam, but through the day, if ae hen was gaun up to lay, and anither was comin doun efter layin, there was aye a collieshangie, for the hen gaun to lay wadna gie wey, but cooried on its hunkers wi its feathers on end, makin a noise like a rattle, while the hen that had laid stude up straucht wi its neck streitched and crawed like mad, and syne flappit its wings and lost its balance, and had to flee to the cairt-shed flair, skrechin wi fricht, and whan my grannie heard it in the kitchen she wad say 'That's the seiventh the day,' or 'the eichth' as the case micht be. She was aye pleased to hear that skrech, for eggs brocht a shillin the dizzen.

The wey into the hen-hoose for folk was by a door in the grund-flair. I hatit gaun through it, for the flair inside was a fair scunner. It was whiles cleaned, mind ye, and covert wi strae, but the hens roostit on the rafters abune it, and their dirt drappit doun on it, and covert ilka inch, sae ye couldna fin yer wey to the lether that led up to the rafters withoot trampin on it. The lether itsell wasna muckle better, nor the rafters aither, and whan ye won to the heid o the lether ye had to step ower the rafters to the boxes whaur the hens laid their eggs. I didna feel safe on thae rafters, for ye could see doun atween them, and if ye had slippit ye wad hae haen a gey tummle, and though the strae on the flair ablow wad hae broken yer faa, a lander in aa the dirt wad hae been waur nor a broken neck.

Weill, as I telt ye, I was sent to fetch twa eggs for the meenister's tea, and I gaed through the door, and ower the dirty flair to the lether, and up the lether and on to the rafters, and as I was makin my wey ower to the nests I gied a look through the skylicht. I aye stoppit at the skylicht on my wey ower to the nests, for it had a lang airn haunle that

ye used if ye wantit to open it, and ye could haud on to this
for a while and feel safe.

The skylicht was in the slope o the rufe on the side awa
frae the closs, and lookit oot ower the tap parks lyin atween
the ferm and the bend at the heid o the Lesmahagow road.
There was a dry-stane dyke atween twa o the parks, and I
saw Daft Sanny gaun up the dyke-side wi something white
in his haund, like a parcel rowed up in newspaper.

I wonert what he was up to, for he keepit lookin roun, as
if he didna want to be seen, and in a wee while he stoppit,
and poued a stane oot o the dyke, and had a bit look at
the hole, and pat the stane back again. Efter tryin a wheen
different places he seemed to fin a hole to please him, and
syne pat his parcel in it, and pat the stane back again. Syne
he took anither stane aff the dyke, a wee ane, and laid it on
the grun at the dyke fute. Thinks I, he's hidin something,
then I heard my grannie cryin on me no to tak aa day, for
the kettle was beylin.

For days efter that I watchit for a chance to hae a look
at that dyke whan Daft Sanny was black-leidin the kitchen
grate, or awa doun across the Clyde road to the waal for
watter, but by bad luck my grandfaither had a squad o
weeders in the tap parks at the strawberries, and for twa
days he was in the park aside the dyke. But the day cam
whan the weedin was feenished, and the squad was shiftit
across the Clyde road, and as sune as Daft Sanny gaed awa
doun to the waal, I made for the dyke whaur I had seen him
hide his parcel. I gaed through the yett into the gress park on
the faur side o the dyke and stertit lookin for a wee stane at
the dyke fute. I hadna gane faur eir I fand ane. I lookit for
a loose stane in the dyke abune it and sune fand ane, and
poued it oot, and shair eneugh there was a parcel. I lookit
roun to mak shair naebody was lookin and syne stertit to
open it. There were layers and layers o newspaper, and then,
in the hairt o it, a wee roll o twal pennies. I had jaloused aa
alang that this was what I wad fin, and I had ettlet to tak
them, but I was feart, and juist pat them back.

I had a feelin, though, that Sanny had been faurer up
the dyke whan I had seen him, sae I had anither look
up a bit, and fand anither wee stane at the dyke fute, and

anither faurer up still, and aye abune the wee stane there
was a loose stane in the dyke. I jaloused he had parcels
hidden aa ower the place, and wonert to think that he suld
fin ony pleisure in juist rowin up siller in parcels, and hidin
it awa in a dyke.

For weeks efter that I gaed through the maist terrible
temptation. Ilka time I saw Martha Baxter's winnock, and
hadna a penny to spend, I thocht o aa that siller lyin
useless in the dyke. Whiles I wad slip up the dyke-side
whan I thocht Daft Sanny was thrang, to hae a look for
mair hidie-holes, and in the end I had fund seiven, but
I didna touch the siller. I was ower feart. And ae day
Daft Sanny saw me comin back doun the dyke-side and he
cam rinnin through the yett gruntin, and stude chinnerin
at me, sayin something that soundit like 'Buggie indigo',
and I ran to my grannie greitin, but I wadna tell her
what wey.

Then, ae Saubbath efternune, in the middle o the simmer,
whan the strawberries were ripe and the Donegals were back
in the barn for the pouin, I met my cuisins at the Falls
road-end. They were sittin on the gress aside the fute o the
front gairden watchin the brakes leavin the Falls Hoose, no
faur doon the road. The horses were aye fresh efter their
stop at the Falls, and the coachmen keen to hurry on and
mak up for lost time, and as sune as they won the level at
the ferm road-end they quickent into a trot, and spankit
roun the front-gairden bend. I dout oor thochts werena on
the horses, though, for efter a while Bob said juist what I
had been thinkin mysell.

'Come on ower to the Falls Hoose, Jockie.'

'What's the use?' said Jockie. 'We hae nae siller. Hae
you ony siller, Rab?'

'Na.'

'What aboot gaun doun to the Black Brig and staunin on
oor heids,' said Bob. 'We could mak siller that wey.'

'We're no alloued,' said I.

'Wha's to ken,' said Bob.

'I ken whaur there's siller,' I said.

'Whaur?' said Bob.

I telt them aa aboot Daft Sanny's parcels. I kent I suldna,

and I felt like a criminal, but I couldna keep my secret any langer.

'Come on,' said Jockie, efter I had feenished. 'Daft Sanny's in the park aside the waal orchard, chasin the craws. He daesna leave there till tea-time.'

We gaed up the near side o the hoose and alang the back o the barn, and syne alang the back o the lang cairt-shed, till we cam to the yett by Sanny's dyke. There were twa Donegal men sittin on the yett, chewin gress and spittin.

'Ye'd better no let the gaffer see ye sittin on that yett,' said Jockie. 'Ye'll waiken the hinges.'

Ane o the Donegals said it was a peety they couldna get sittin on their ain hin-ends on the Lord's day, efter slavin for the gaffer aa week. The gaffer was my grandfaither.

'Ye can sit on yer hunkers,' said Jockie. 'Ye dinna hae to speyl a guid yett.'

The ane that had answert Jockie wantit to argie, but the ither drew him awa, and they gaed aff up the cairt road to Johnny Moorcraft's park, and sat on the yett up there. It wasna my grandfaither's. They could still hae seen us frae whaur they were, but Jockie said it didna maitter, they mebbe wadna be lookin.

'Come on, Rab,' he said, 'show me whaur the loose stanes are.'

I showed him hou to fin the loose stanes, and he telt Bob and me to gang roun by the closs mou and watch the wall yett for Daft Sanny. We hadna been at the closs mou for five meenits whan Jockie cam efter us, baith his pooches ajingle.

'I herrit fower o his holes,' he said, 'and pat the paper back juist the wey it was. He mebbe winna fin oot for weeks. Come on, nou, for Martha Baxter's.'

He took us to the Falls shop and bocht us aa lemonade and biscuits, syne caramels for himsell, and luckie-bags, sherbert dabs, and sugarally straps for Bob and me. We took oor loot doun to the sait abune Stanebyres Linn, but there were some folk sittin there, aff ane o the brakes, sae we sclimmed the fence and gaed doun on to the rock at the heid o the Linn, and sat there in the thunner o the watter, juist oot o the spray, and fair made beasts o oorsells.

I took guid care afore I gaed hame to dicht the sugarally aff my mou, but I couldna eat my tea, and whan my grannie yokit on me, and speirt what I'd been eatin, I said grosets. She believed me, but gied me a guid flytin, and threatent me wi a dose o caster ile, and I was gey gled to get to my bed skaithless. I lay for a while wi a pain in my peenie, wonerin if ye could get the jeyl for stealin frae a daft man, and wishin we had left Sanny's siller alane, but bye and bye the pain gaed awa, and aa I could think o efter that was the grand spree we had haen, chewin till oor jaws were sair, and I gaed to sleep dreamin o it.

In the mornin I was gey worrit in case Daft Sanny wad fin that maist o his siller had gane, and I keepit my ee on him, but he didna leave the closs mou aa day save to gang to the waal, and I began to think that mebbe efter he had hidden his siller he forgot aa aboot it.

But I was wrang.

Twa-three days efter oor spree at the Linn I was doun in ane o the parks abune Clyde, waitin for my grandfaither to leave his gafferin and cairry me doun ower the bank to the watter-side, whaur I could play amang the whirlies, paiddlin and watchin the mennans. He had a big squad that day, o Donegals and neibor weemen baith, and Joe the Pole and Johnny Kirkhope were cairryin baskets frae the park to the shed, but Daft Sanny was supposed to be up at the hoose, for he neir warket awa frae the back door save on the Saubbath.

The Donegals were blarneyin awa, especially the weemen, and my grandfaither was tellin them to talk less and think aboot their wark, whan there was a soond like the roar o a bull, and Daft Sanny cam rinnin oot o the wall orchard, trampin ower the strawberries in his anger, and shakin his neive at the Donegals, and cryin 'Buggie indigo! Buggie indigo!'

'He's brekkin oot again,' shouted my grandfaither. 'You, Paddy, and you tae, Pat Maloney. Help me to grip him!'

The weemen rase and ran skrechin for Clyde, slidin doun ower the bank, some o them heid ower heels, but Paddy O'Brien and Pat Maloney stude by my grandfaither, and grippit Sanny by the airms. I had rin in ahint a hazel, and

I saw them leadin him awa, strugglin like a wild beast. I kent what was wrang wi Sanny. He had fund oot that his siller had gane, and he was blamin the Donegals.

I felt terrible, and was feart to gang hame. It was lang efter tea-time when my grandfaither fand me, at the fute o the front gairden, ower the dyke frae the road. I had gane there thinkin that if Capie the butcher's van passed up the road on its wey hame frae Crossford, I micht get a hurl to his shop at Kirkfieldbank, and frae there walk to Lanark, and gang to my ither grandfaither at the Gusset Hoose, but whan I thocht o what he wad say whan he heard I had been stealin, and him the kirk precentor, I cheynged my mind, and juist sat and waitit, no kennin what to dae at aa.

'Oh there ye are,' said my grandfaither.

He didna seem angert, and I was gey relieved.

'Was it you that took Daft Sanny's siller?'

'Ay.'

'He says there were fower shillins.'

'Ay.'

'Did ye spend haill fower shillins?'

'Ay.'

'Aa by yersell?'

'Na.'

'Wha was wi ye?'

I said naething.

'Whan was it?'

'On the Saubbath.'

It made it soond aa the waur.

'Wha was wi ye? Ye werena alane?'

'Na.'

'Were Jockie and Bob wi ye?'

'Ay.'

'It wad be Jockie that took the siller?'

I said naething to that aither.

'I woner hou the young deil fand oot whaur he hid it.'

'I saw him hidin it, frae the skylicht in the hen-hoose.'

'What were ye daein up there?'

'Gettin twa eggs for the meenister's tea.'

'Ye suld hae keepit yer gub shut. Ye micht hae kent

Jockie wadna be able to keep his haunds aff it. And Sanny aye breks oot whan his siller's taen.'

'Did someane take his siller afore?'

'Some o the Donegals, twa year syne, and he nearly killed ane o them. We nearly had to send him awa.'

'Will he hae to be sent awa this time?'

'Na na, he quaitent doun as sune as yer grannie had gien him his fower shillins back. And she's gien him a bank to keep it in, a wee black airn box wi a key, and a watch-chain to hang his key on, and he's as pleased as a bairn. Come on nou for yer tea. Ye suldna hae biddin oot like this. Were ye feart Daft Sanny wad win at ye?'

'I thocht my grannie wad gie me a flytin for stealin.'

'Stealin? Weill, it was, in a wey, but ye wadna hae taen the siller if it hadna been for Jockie, I'm shair o that, and ye can haurdly blame the young deil for takin siller oot o a dyke.'

We made for the front-gairden yett.

'Grandfaither?'

'Ay?'

'Daes Daft Sanny ken wha took his siller?'

'Nae fear. He thinks it was the Donegals, nae dout, and he's better to think that. They can look efter themsells.'

'Ye mean he micht gang for them?'

'Weill, ye can neir be shair. He micht gin he hadna gotten his siller back, but yer grannie'll hae quaitent him, I think.'

My grannie wasna juist sae plaisent as my grandfaither. First I gat a flytin for no comin for my tea. Syne I gat anither for tellin a lee on the Saubbath, whan I couldna eat my tea for the spree, and blamed it on the grosets I had eaten. Syne I gat anither for tellin Jockie whaur Daft Sanny hid his siller. Syne I was telt what Daft Sanny would hae dune to me gin he had fund oot that I was to blame. He micht hae killed me, she said, the wey he ance tried to kill the Donegals, and he wad hae been taen awa back to the asylum for it, and she wad hae lost the best black-leider o grates and scraper o pats atween Lanark and Hamilton. It was the thocht o lossin Daft Sanny that seemed to fash her, no the thocht o me bein killed.

I can tell ye I keepit oot o Daft Sanny's wey efter that. I couldna eir be shair that he hadna fund oot about oor spree at the Linn, frae someane at the Falls, and gin he gied me a look I was shair he had murder in his ee, and ran for my grandfaither.

THERE WAS a pownie at Linmill, a wee black sheltie mear that my grandfaither had bocht for me ae day whan he was fou at the Lanark mercat. I didna hae a saiddle for it, and rade it bare-backit, but there was harness and a bogie that had belangt to my minnie, for she had haen a pownie tae at Linmill, afore she mairrit my daddie.

Efter I had been oot in the bogie ance or twice wi my grannie, for she drave it whiles whan she gaed to pey a caa on her freinds up at Kirkfield or ower at the Hawksland, I was alloued to tak it oot by mysell. The first time I drave it I took it up to the smiddy at Kirkfield, to let the smith hae a look at the pownie's shune. It was a quait drive that, for I gaed by the Lesmahagow road and syne roun by the back o Kilbank, and didna hae to pass ony hooses save Tammie Law's, and though Tam's dug cam oot and barkit and I had to haud the pownie hard, I won to the smiddy wi nae skaith.

The smith made a great todae whan he saw me alane wi the bogie, and whan he had taen the reyns he telt me to gang into the smiddy and I wad see someane I kent. I gaed in, wonerin wha that wad be, but it was daurk in the smiddy, and I couldna weill see. But my een gat used to the daurk at last, and I could see some men sittin roun he waas on their hunkers, wi their piece-cans and tea-flasks aside them.

'Hullo, Rab,' said ane o them. 'Dae ye no ken me?'

I didna at first, but efter a second look I saw that it was my Lanark grandfaither, my faither's faither. I caaed my minnie's faither my Linmill grandfaither. I hadna kent my Lanark grandfaither because I had neir seen him afore in his warkin claes. I had neir set een on him save on the Saubbath, whan my faither took my minnie and me to the

Lanark kirk, and then he was aye weirin black claes and a dickie, for he was the precentor, and waved a wee black stick at the choir.

I mindit nou that he was a dyker, and I had heard my grannie say, no twa days afore, that he was warkin wi his men in the Teaths parks. The Teaths parks were juist aside the smiddy, and the men at their denner roun the smiddy forge were my grandfaither's dykers.

'Sae ye're alloued to drive the bogie by yersell?' said my grandfaither.

'This is the first time.'

'And hou did ye manage?'

'Aa richt. I had a bit o bother wi Tammie Law's dug, but I juist held Nancy ticht till it was caaed in.'

Nancy was the pownie. I hadna caaed her that. It was the name she had haen whan she was bocht.

'And whan will ye be drivin up to Lanark?'

'As sune as I'm alloued.'

'Ye'll hae to caa in on yer grannie at the Gusset Hoose.'

The Gusset Hoose was whaur my Lanark grannie bade. I gaed there aye on the Saubbath, efter the kirk. I had aye to weir my guid claes on the Saubbath, and atween the misery o that and the solemn mainners o the aulder folk efter the service, I hadna plaisent memories o the Gusset Hoose. Sae I stude and said naething.

The smith cam in afore lang, and said he had measurt the pownie for new shune, and he wad let my Linmill grandfaither ken whan they were ready, and nae dout I wad fetch the pownie up for them.

My Lanark grandfaither cam to the smiddy door to see me aff, sae I crackit my whip and pat Nancy to a trot, and I felt gey prood whan I keekit roun and saw him wavin. I felt fonder o him then than I had dune afore. He was a wee thing ower solemn in the kirk.

I keepit wavin back to him till I could see him nae mair, and syne settlet doun to keep my ee on Nancy, and it was juist as weill, for wi no peyin heed I had gotten ower close to the side o the road, and I nearly hit the side o the brig at the Kilbank burn wi my near wheel.

I was cannie efter that, and let Nancy walk, and whan I

cam to Tammie Law's again I had her gey near creepin. But there was nae dug to contend wi this time. I could hear it barkin frae the barn. It had been chained up.

Whan I won back to Linmill my grandfaither was waitin for me at the closs mooth yett, and was gled to fin I had been aa richt. He let me lowse the harness aa by mysell, though he took the wecht o the bogie for me whan I led Nancy oot o the trams, and gied me a haund wi the brecham, for though I kent hou to turn it on the pownie's neck afore pouin it aff it was a wee thing heavy for me.

Whan Nancy had drunk her fill at the closs troch I took her into the stable, and gied her a ripp o corn, and syne sclam to the heylaft to fork some hey doun into her rack.

'Weill dune,' said my grandfaither, as I sclam doun the heylaft lether. 'Ye'll be able to gang to Kirkfieldbank nou for yer grannie's messages.'

I did gang to Kirkfieldbank, three or fower times, wi nae mishanter, and syne led Nancy ae day to the smiddy for her new shune. My Lanark grandfaither wasna there that day, and to tell ye the truith I missed him, and I mindit then what he had said aboot drivin some day to Lanark.

Naething wad content me efter that but that I suld pey a caa at the Gusset Hoose, and I priggit at my Linmill grandfaither, and syne at my grannie, till they baith gied in.

My grannie gied me a lang list o messages I was to get at the grocer's in the Bloomgait, and my grandfaither gied me a note for the chemist at the fute o the Wallgait. It was some medicine he needit for ane o the horses. He telt me to be shair no to forget it, for the horse wasna fit for its wark.

It was a braw day whan I set aff, wi the bogie weill washt and aa the harness polisht, and I gaed doun the Clyde road feelin as prood as a peacock. I let Nancy walk doun the Linville brae and though there were some laddies aboot they were aa freinds o my cuisins, and didna try ony tricks. They juist stude and stared, sae I gied them a freindly nod, for I felt sorry for them, puir sowls, and them wi nae bogie to drive.

Ance ower the Dublin brig I pat Nancy into a trot, and she gaed like a daisy till I had won into Kirkfieldbank.

I had juist gotten to Mrs MacIlvaney's, the sweetie shop, whan a Kirkfieldbank laddie by the name o MacPherson ran oot in to the middle o the road and held up his haunds. I crackit my whip and gart Nancy trot faster, and he had to rin to the side o the road, but afore I was richt bye he and anither laddie stertit flingin stanes, and ane o them hit the bogie door. They were for rinnin efter me, tae, to fling mair, whan Mrs MacIlvaney cam oot o the shop and stertit flytin at them. That settlet them, and afore lang I was weill oot o their wey.

I had come to the heid o the wee brae abune Kirkfieldbank Brig whan I heard Nancy blawin a wee, and saw that she was sweitin, and I was gled my grandfaither wasna there, for he wad hae been mad. It was wrang to tire a ponie afore a stey brae, and the brae up to Lanark frae Kirkfieldbank Brig was baith stey and lang. There was gey near a mile o it.

I let Nancy walk doun the brae to the brig, and drave her into the side o the road at the Brigend for a guid rest, syne I took her cannily across the brig, taking guid care afore I stertit that there was naething comin frae the ither end, for the brig was gey nerra; and whan I cam to the fute o the Lanark Brae I gat oot and walkit.

It was a gey weary walk for baith o us, up the Lanark Brae, though it was plaisent whiles to rest and look back, for the view o Kirkfieldbank, lyin by its brig alang the side o the Clyde, wi bonnie orchard gairdens risin steep ahint the hooses, and the Black Hill awa in the distance, was as lichtsome as ony eir I kent.

The Lanark gasworks was anither maitter, but for aa that I was pleased to come fornent it, for it stude at the heid o the brae, and efter that we jeyned the main road, and I was able to sit in the bogie agin, and let Nancy tak her ain time to walk up the Bloomgait.

For aa that she was tired whan I cam to the grocer's, and I kent she wad staun still whan I gaed inbye.

There were twa men in the grocer's shop, in lang white aprons, wi their sleeves rowed up and pencils stuck in their lugs. I didna ken aither o them, and I felt gey blate.

I haundit ane o them my grannie's line.

'Are ye aa the wey frae Linmill?'

'Ay.'

'Hae ye driven up aa by yersell?'

'Ay.'

'What age are ye?'

'Eleeven.'

'Dae ye hear that, Willie,' he said to the ither. 'He's driven aa the wey frae Linmill, and he's juist eleeven.'

'He's a clever laddie,' said the ither.

'He's a grandson o the beylie at the Gusset Hoose.'

My Lanark grandfaither was a beylie in the toun. It seemed they kent aa aboot me.

'What kind o cheese dae ye want?' said the first ane. 'Dae ye like a tasty bit? Try that.'

He cut a wee bit aff a muckle cheese and haundit it ower the coonter. I tastit it. It was gey nippy. He saw the look in my face.

'Wad ye like something milder?'

I wad hae likit something milder, but I kent that my grannie wadna.

'My grannie likes it tasty.'

'Dae ye hear that, Willie? He says his grannie likes it tasty. Mony a laddie wad juist hae thocht o himself.'

I began to think he was mebbe makin a fule o me, but whan he was pittin some biscuits in a poke he laid ane on the coonter.

'Dae ye like biscuits?' he said. 'Try that.'

'Thank ye,' I said.

'That's anither thing I like in a laddie,' he said to the ither ane. 'Mainners. This laddie has mainners.'

He seemed to be fair taen on wi me, richt eneuch. I could feel my heid swallin.

He laid aa the messages oot on the coonter, and stertit writin wi his pencil.

'Will I tak them oot nou?' I askit him.

'Na, na, son. I'll pit them in a box and tak them oot for ye mysell. Dae ye like sweeties?'

I said ay, and whan he gied me some I mindit to say thank ye again, and I began to think that comin to Lanark to the grocer's was a gey different maitter frae gaun to Kirkfieldbank to Mrs Scott's. There wad be nae mair Kirkfieldbank efter this, if I could help it.

The grocer pat my messages into the bogie, and held the door for me till I gat in, syne shut it for me, wiped his haunds on his apron, though I'm shair the door haunle wasna dirty, and gied me a wee bou.

'Dinna let it be lang afore we see ye again,' he said.

He gied me a wave frae the shop door, and I had haurdly gien the reyns a bit joggle to gee Nancy up, whan I saw the polis. He was staunin watchin me frae the big closs at the fute o the tannery wynd, and whan I drew fornent him he walkit forrit and held up his haund.

I kent something was wrang.

'Are you in chairge o this vehicle?' he said.

'Ay.'

'What age are ye?'

'Eleeven.'

'Are ye aware,' said he, gey solemn like, 'that ye arena alloued to be in chairge o a vehicle till ye're fowerteen?'

'Na.'

'I'm sorry, son, but I'll hae to book ye.'

He brocht oot a pencil and a notebook.

There were folk gaun bye and they aa stoppit to watch. I could hae sunk through the grun wi the disgrace.

I stertit to greit.

'What's the laddie dune?' a wumman askit.

'He's in chairge o a vehicle, and he's no auld eneuch.'

'Let the wee sowl gang. He's daein nae hairm.'

'It's against the law.'

'The law. That's no a vehicle. It's juist a wee bogie.'

'It's a vehicle within the meanin o the act.'

'The meanin o the act. Ye're juist a bumptious big bruit.'

'Ay, leave the laddie alane,' said anither.

'Ay,' said three or fower thegither.

The polis began to turn gey reid in the face. He cam and leaned ower me and whispert in my lug.

'Stop greitin, for God's sake, and win awa hame. And let this be a lesson to ye. Dinna let me see ye near Lanark again.'

I turnt Nancy roun and crackit my whip, and made for the Kirkfieldbank Brae as fast as she could trot, though I kent I suld hae walkit her, for there was a dounhill slope, and the trams o the bogie were swingin.

It wasna till I had won to the heid o the Kirkfieldbank Brae, and had Nancy at a walk again, that I mindit my grandfaither's line for the chemist, and the caa I had ettlet to pey at the Gusset Hoose.

I couldna gang back nou. The polis wad come efter me again wi his book and pencil. He micht ein tak me up to the jeyl, for it wad be the second time he had catchit me.

I gaed doun the brae feelin richt miserable. Nae mair Lanark, and that grocer sae generous. Mebbe nae mair Kirkfieldbank, for there was a polis there tae.

It was then I mindit that I had still to gang through Kirkfieldbank, and my hairt turnt to leid. I micht rin straucht into the polis there, big Tam Gilfillan, a terror if eir there was ane.

I wasna at the fute of the brae yet, and had still time to think. If Gilfillan wasna at the Brigend I could mebbe tak the back road to Kirkfield, and syne gang hame by the road frae the smiddy, and cut oot Kirfieldbank athegither. It wad pit a gey bit on to my road, and the brae up to Kirkfield was stey, and Nancy was tired, but it micht be worth tryin.

But what if Gilfillan was up the Kirkfield road? He micht be onywhaur.

I was at my wit's end what to dae, and was thinkin o tryin to fin an aulder laddie to drive the bogie for me, whan I won to the fute o the brae.

Gilfillan wasna on the brig, but there was a wagonette comin frae the ither end, and I had to pou in till it won ower bye me.

It was Chalmer the coachman.

He drew up whan he saw me.

'Hullo, Rab. Hae ye been aa the wey to Lanark?'

'Ay.'

'That's a clever laddie. She's a braw pownie. It's a braw turn-oot athegither.'

Gin it hadna been for the Lanark polis I wad hae been

the proodest laddie in Scotland, for Chalmers the coachman had the smairtest turn-oot in the haill pairish. He kent a horse whan he saw ane, tae; my grandfaither said nane could judge better, save mebbe Fred Jubb.

But I still had to reckon wi Gilfillan.

He wasna at the Brigend, and I could see nae aulder laddies that could drive for me, but Chalmers had putten hairt in me again, and I thocht I wad risk gaun through Kirkfieldbank, drivin mysell, and juist trust to luck.

I had walkit Nancy up to the mid-toun waal, and was juist thinkin o pittin her into a trot, whan I saw Gilfillan staunin talkin to Mrs MacIlvaney in front o her shop.

I held Nancy doun to a creep, and was hopin the pair o them micht gang into the shop afore I won forrit, but they stude and gaed on wi their crack, Mrs MacIlvaney daein maist o the talkin, and whiles shakin her neive, and Tam Gilfillan listenin, and noddin his heid.

I drew Nancy up athegither, feart to gang on, and sat feelin like a fule, for ane or twa kimmers were haein a guid look at me, and I kent they were wonerin what was wrang.

I was juist thinkin I had better drive on and tak what cam, whan Mrs MacIlvaney gaed into her shop, and Gilfillan turnt roun and come walkin my wey.

I gied the reyns a joggle, and Nancy creepit forrit.

As sune as Gilfillan saw me he waved me to stop.

I saw mair kimmers getherin at their doors.

I telt mysell for guidness' sake no to greit this time.

'Hullo, Rab,' said Gilfillan. 'Are ye safe back?'

'Ay,' I said, wonerin what was comin.

'Mrs MacIlvaney was tellin me ye had some bother wi laddies flingin stanes at ye.'

'Ay.'

'Did they dae ony damage?'

'Na.'

'They didna hurt ye?'

'Na.'

'Weill, son, if onything like that eir happens again juist come alang to me and report it. I'll sune sort them for ye.'

'Thank ye, Mr Gilfillan.'

'That's a guid laddie. Nou let me see ye trottin.'

He saw me trottin, aa richt. I gaed through Dublin hell for leather, and by the time I had won to Linmill puir Nancy was frothin at the mou.

My grandfaither was mad.

'What kind o wey is that to use a beast? Ye're no fit to be trustit wi it. That's the last time ye'll tak it past the stable door. Awa inbye and think shame o yersell. I hae a gey guid mind to warm yer lugs.'

I gaed in the kitchen to my grannie.

'Weill,' said she, 'did ye see yer Lanark grannie?'

'Na. Grannie?'

'There's somethin wrang. I ken it. Did ye get my messages?'

'Ay. But grannie?'

'What is it? Oot wi it.'

'I didna gie the line to the chemist.'

'What! The last thing yer grandfaither telt ye was no to forget it.'

'I didna forget it.'

'What happened, then?'

I telt her the haill story. She telt it aa ower agin to my grandfaither whan he cam in frae the stable.

My grandfaither speired at me whan I was suppin my kail.

'What was the polis like, Rab? The Lanark ane? Had he a reid moustache?'

'Ay.'

'I thocht sae,' said he, turnin to my grannie. 'It's been Jock Cameron.'

He turnt to me again.

'Dae ye think he was serious, Rab? Are ye shair he wasna juist takin a len o ye?'

'He was gaun to write my name doun in his book.'

'Did ye tell him yer name?'

'Na, he let me gang afore he fand oot.'

He turnt to my grannie again.

'He wad ken wha the laddie was. There's a name-plate on the bogie. He's juist been haein a bit tair.'

'It's a queer-like tair, to frichten a hairmless laddie, talkin to him like that fornent a lot o folk. Him and his book and pencil. Wait till I get my tongue at him.'

'It's because his ither grandfaither's a beylie. There's naething a polis likes better than to let folk in authority ken that he shows nae favour. But it was gey sair on the laddie. He could juist hae haen a quait word wi me.'

'Ye think he'd better no gang near Lanark again, then?'

'Weill, na, mebbe no.'

I wadna hae driven to Lanark again for onything.

'Grandfaither?'

'Ay.'

'Can I still drive the bogie to Kirkfieldbank?'

'I think sae. I'll hae a work wi Gilfillan.'

'That's juist the last thing I wad dae,' said my grannie. 'I'm shair he daesna ken the laddie's ower young. Ye wad be a fule to tell him.'

Efter that I didna want to drive to Kirkfieldbank again aither; at least, no unless my grannie or my minnie was aside me, to tak the reyns if we saw Gilfillan.

THE DESSERT STRAWBERRIES at Linmill were poued straucht into fower-pund berry-baskets, cairrit up to the shed at the Lesmahagow road-end, and weyed and sortit by my grannie. Syne the baskets were laid in wuiden crates, in three layers, ilka ane covert wi pink tissue-paper, wi a Linmill label on the tap layer, and the lid was fastent doun. Efter that the crates were liftit on to the upper flair o the shed, whaur there was a big double door that opent oot on to a loadin platform. The lorries were backit on to this platform at the end o the day, and the crates loadit on and happit ower, and driven to the big cairt shed in the closs at Linmill till the airly mornin, whan they were taen awa to the mercat.

I saw the lorries loadit aye, for whan they were drivin back to the ferm to wait for the nicht in the cairt shed I aye gat a hurl frae my grandfaither, and that was a thing not to be missed. But whan they were putten into the cairt-shed that was the last I saw o them till efter denner-time the neist day, whan they were driven back tuim.

My grandfaither didna gang to the mercat. He bade at hame and gaffert the warkers in the fields. The lorries were driven by my uncle and my cuisin Jockie, a laddie aulder nor mysell, and mony a tale he had to tell o the lang drive he had, through Kirkfieldbank and up the Mouss Peth, a stey brae aside the Lockhart Mill, and syne by the Lee Wuids alang the main Glesca road, through Braidwuid and Carluke and Wishaw, and syne on through places I couldna mind the names o, big touns asteer wi hunders o folk, that to tell ye the truith I didna like the soond o. Naething I heard o them gart me want to gang near them.

Ae day, though, whan I was haein my breakfast, I heard my grannie grummlin aboot my grandfaither bein late, and

she gaed oot to the closs hersell to blaw the birrell for the
Donegals in the bothy to gether for their wark. Syne she
had a word wi auld Paddy O'Brien, and telt him to tak
them doun to the field aside the Clyde orchard and see
them stertit on the pouin. He was to be gaffer till my
grandfaither cam back.

I wonert whaur my grandfaither had gotten, and stertit
to speir. She said he hadna come back yet wi the trace
horses.

'Trace horses?'

'Ay. He gangs to the Mouss Peth ilka mornin wi trace
horses.'

'What are trace horses?'

'The Mouss Peth's ower stey for ae horse to pou a lorry
up. He has to yoke anither horse to ilk o the lorries to get
them to the tap.'

'But the lorries hae juist ae set o trams.'

'Ye yoke the trace horse in front o the trams, wi chains.'

'Chains?'

'Ay. Feenish yer breakfast. I'm thrang.'

I said nae mair, but whan my grandfaither did come back
(he had been up to the smiddy at Kirkfield, for ane o the
horses had cast a shae) I stertit speirin at him.

'Thae trace horses, grandfaither? Dae ye ride them oot
to the Mouss Peth?'

'Na na, juist comin hame. On the wey oot they're tethert
to the tails o the lorries.'

'But there are twa trace horses. Ye canna ride them baith
comin hame.'

'Na. I ride ane and lead the ither.'

'Grandfaither?'

'Ay?'

'Could I no come wi ye and ride the ither?'

'Ye wad hae to rise at three in the mornin. I dout yer
grannie wadna hae that.'

'Can I ask her?'

'Ay ay, awa.'

I left the field and gaed up to the shed. My grannie was
sortin oot the first raik o baskets, weyin them and turnin
the husks o the tap berries doun oot o sicht. She said ye had

to dae this or whan the husks had shrivelt the basket wad hae nae blume. It wasna cheatin, like pittin aa the biggest berries on the tap. That she didna dae.

'Grannie?'

'What is it? I'm thrang.'

'Can I gang wi my grandfaither the morn to the Mouss Peth wi the trace horses?'

'What! At three o'clock in the mornin!'

'Ay.'

'What in aa the warld gars ye want to dae that? Ye'll be dozent wi sleep.'

I wad like to ride hame on a horse's back.'

'Ye wad faa aff.'

'Na I wadna. I rade big Dandy up to Kirkfield smiddy ance, and didna faa aff.'

'See what yer grandfaither says.'

'He sent me to you.'

'Weill weill, aa richt, but juist ance, mind. Yer mither wad be mad if I let ye miss yer sleep mair nor ance. It wadna be guid for ye.'

Ye hae nae idea hou excited I was aa that day, and as sune as the lorries were loadit and driven to the cairt shed in the closs I gaed to my bed withoot a grummle. I could haurdly sleep for excitement, and began to think three o'clock wad come afore I could drap aff, but drap aff I maun hae dune, for whan my grandfaither cam ower to the bed and shook me he had a job to wauken me. To tell ye the truith I felt like tellin him to leave me alane.

It was still daurk ootbye, and the lamp was lit on the kitchen table, and there was a muckle hot fire lowin in the grate. The fryin pan was hingin frae its cleik on the swee, and there was a smell o ham and eggs that gart my mooth watter. I gat into my claes, rubbin my een, and sat doun at the table, but my grannie said I suld wash first to gar me wauken richt.

I hatit the thocht o it, but whan he saw me haudin back my grandfaither had a word.

'Come oot wi me, Rab, and dae what I dae.'

He lit a lantern in the scullery and led me oot through the back entry and ower to the horse troch. There was a licht in the stable winnock and I could hear my uncle and my cuisin harnessin the horses. At the troch my grandfaither rowed up his sleeves, lowsent his shirt collar, stuck his haunds into the cauld watter, and syne sloonged his face.

'Come on, son. Gie yersell a guid sloonge.'

It was ugsome at first, but efter ye had rubbit yersell dry wi a touel ye began to tingle aa ower, and by the time I gat back in for my breakfast I had an appetite like a horse.

By the time breakfast was ower, and we didna linger, the horses were yokit to the lorries in the closs, and the lorry lamps were bein lichtit and set in their places, twa in front o ilka lorry, stuck in brackets, and a reid ane hingin frae a cleik on the tail.

It was still pitch whan we said guid-bye to my grannie, and set aff doun the Kirkfieldbank road.

I was sittin in a wee kind o hoose my grandfaither had made for me, in a space atween twa crates. The hap was liftit a wee sae that I could see oot, though to tell ye the truith I could see gey little, juist the lowe o the reid lamp on big Dandy, tied by the halter to the lorry tail, and an orra flicker on the road and hedges.

It was gey eerie, in the reid licht, and bye and bye the tattie bag I had for a cushion seemed to growe gey thin, and my banes gat sair. I tried shiftin my sait, but it didna help muckle, and nae maitter hou I leaned, aither straucht back or to ae side or the ither, I seemed aye to hae the corner o a crate in my ribs. I began to woner hou lang it wad tak to win to the Mouss Peth, whaur I wad get streitchin my legs, but it was hard to tell whaur we were for aa I could see o the road.

I mind gaun through Linville, for the hedges gied wey to wuiden palins for a while wi yetts in them, and syne to stane dykes wi steps in them. But the place was sae quait, wi no a licht in it, and aabody in bed asleep, that I felt awed.

I mind comin to Dublin Brig, for we gat near to Clyde there, and the rummle o Stanebyres Linn, that I had heard sin we had left Linmill, and aye took for grantit, was drount by the swirl o water nearer haund, and by the rummle o the lorries on the brig.

But I canna mind passin through Kirkfieldbank. I hadna
faen asleep. It wasna that. It was my sair banes. There maun
hae been a bolt heid stickin oot juist whaur I was sittin on
the lorry, and atween that, and the shairp corners o the
strawberry crates, I couldna fin a wey to sit in comfort. I
had to shut my een ticht to thole the pain.

Whan the lorries stopt, and my grandfaither cam to lift
me doun, there were tears in my een. I dichtit them wi my
guernsey sleeve afore he could see them, but whan he set
me on the grun I could haurdly staun.

'Are ye stiff, son?'

'Ay.'

I micht hae grutten then gin my uncle and cuisin hadna
been near, but they had baith come doun aff the lorries to
help to yoke the trace horses.

We aa walkit up the Mouss Peth, to lichten the loads,
and my uncle and my cuisin led the trace horses by their
bridles, and my grandfaither crackit his whip and yelled his
heid aff, and the horses gruntit and grained, and strained
wi their hin legs, and swat and reikit, till I felt fair terrified;
for if I keepit ower faur back I was left in the daurk, and
couldna see, and if I gaed ower near I was feart a lorry
micht slip back on me; for the lorries whiles stuck, whaur
the road was reuch, and stertit to rin back doun the hill,
and my grandfaither had to rin wi big stanes to haud them.
Whan that happened the horses were restit till they had
won back their pech, syne the whip was crackit, and we
aa yelled, and they gaed at it again. Whan they won to the
tap I could hae cried hurray.

The trace horses were lowsed then, but I wasna liftit on
to Dandy's back. I had to gang into my wee hoose ahint the
lorry again, till we drave anither mile up the Lee Wuids to
a troch whaur the horses could be wattert.

That was whaur we had the langest rest, for efter they
had slockent their drouth the horses gat their nose-bags,
and my grandfaither haundit me a piece. Ham and eggs
again, cauld this time, but nane the waur o that. Although
I had eaten a guid breakfast I was hungry again. It was the
caller air.

At last the time cam to turn hame wi the trace horses,

and I was liftit on to big Dandy's back. Ye felt gey heich aff
the grun, on Dandy's back, but I had been up on him afore,
and kent no to look doun bye my feet. I had to keep my ee on
my cuisin, tae, for ance whan I had been liftit up on Dandy
he had cut the puir beast ower the hin-end wi a withie, and
it had tummelt me aff. But he tried naething that mornin,
he was that dozent wi sleep, and whan my grandfaither and
I gat quat o the ithers and set aff for Linmill I felt as prood
as a peacock.

The daw had come whan we were in the Lee Wuids, and
amang the big daurk beeches I had haurdly noticed it. But
whan we cam doun on the Mouss Peth I could see oot atween
the brainches to Kirkfieldbank, and I neir saw it sae bonnie.
There were lichts in some o the winnocks, for it maun still
hae been daurk inbye, and the lums were reikin, and there
was a mist lyin laich ower the Clydesholm orchards, swirlin
oot and in amang the fruit trees, that rase like steam in the
clear air whan the sun won at it.

We gaed through some o this mist at the fute o the Peth,
in a hallie by the Sunnyside yett, and it sent a cauld shiver
through me.

But nou we were come to Kirkfieldbank Brig, and it
wadna be lang afore I wad pass through the place itsell,
and I was hopin that some o the laddies wad be oot and
aboot, to see me ride bye on big Dandy.

At the faur end o the brig my grandfaither drew up to
hae a crack wi Sanny Watson o Intock Hoose, oot wi his
milk float, and I priggit aneth my braith that they wad
crack till schule time cam, whan aa the laddies in the place
wad be oot, but efter less nor a meenit a kimmer cam to
her door and gied Sanny a skrech, and yokit on to him for
daunerin whan folk were waitin for their milk, sae we had
to gang on.

Syne my grandfaither drew up to hae a crack wi Chalmers
the coachman washin doun his wagonette wi pails o watter at
the mid-toun wall, and I took hairt again. Shairly this time
naebody wad interfere.

Shair eneuch, the crack gaed on and on, and I felt shair
it wad be schule time afore they were dune, and I was as
cantie as a cou amang corn.

The sun was growin warm, though, and efter the cauld o the mornin it cam ower me gey cosie, and I stertit to gant.

Whan I was waukent by the clatter o the horses' shune on the cobbles o the Linmill closs my grandfaither was leadin Dandy by the halter, and I was on the ither horse in my grandfaither's lap.

'Grandfaither?'

'Ay?'

'Whan did ye lift me aff Dandy?'

'At Chalmers the coachman's. Ye drappit aff to sleep.'

I had ridden through Kirkfield bank in my grandfaither's lap, juist like a babbie.

'Grandfaither?'

'Ay.'

'Was the schule gaun in afore we left Kirkfieldbank?'

'What time dae ye think it is? The schule winna be gaun in for hours yet.'

That was a relief, but I speired again, juist in case.

'Did we pass ony laddies on the wey hame?'

'Juist young Fred Jubb and his twa sisters. They were on their wey up to their grannie's for the Linville milk.'

Young Fred was the horse-brekker's son. His father alloued him whiles to drive a trotter at the Lanark show. And his twa sisters! That made it waur. I could juist imagine hou they wad lauch at me.

I was putten to bed for the forenune, thinkin I wad keep clear o Kirkfieldbank for the rest o that holiday.

14. THE SHELTIES

IT WAS AE DAY in strawberry-time, whan my grand-
faither was gafferin a big squad in the park ahint the shed,
and I was sittin on the yett at the fute of the Lesmahagow
road, lookin across the Clyde road at the shed door, and
wonerin whan my minnie wad leave the packin to my
grannie, and come hame to Linmill and mak the tea.
For in strawberry-time my grannie was aye that thrang
in the shed, sortin and weyin and packin the berries, that
my minnie had to mak the meat for her.

Weill, I was sittin on the yett at the fute o the Lesmahagow
road, waitin for my minnie wi my wame rummlin, whan
alang the Clyde road frae Linville cam young Fred Jubb,
the horse-breaker's laddie, ridin a sheltie pownie, at the heid
o a string o five, aa jeyned by their bridles to ae lang reyn,
and young Tam Baxter of the Falls was on the second.

They made a braw sicht, the five wee pownies, aa in a
raw, heid to tail, and ye can be shair that young Fred Jubb
lookit as prood as a peacock, and young Tam Baxter tae,
though he had nae reyns to haud his pownie wi, and had
to grip it by the mane.

But to think there were three pownies there wi naebody
on them at aa. It seemed sic a waste.

I cried oot to young Fred.

'Whaur are ye gaun wi the pownies?'

'Doun the length of the Black Brig,' he said, 'to exercise
them.'

'Can I no come wi ye on the ane ahint Tam?'

'Ye couldna bide on it.'

'Could I no! I can bide on oor Daurkie.'

Daurkie was the name o ane o the Linmill horses, and
my grandfaither whiles let me sit on its back.

'Ay,' said young Fred, 'wi yer grandfaither leadin it.'

'Weill,' I said, 'the pownies ahint yours are bein led.'

'That's different. There's naebody aside them to catch ye gin ye suld faa.'

'I wadna faa.'

'Hou dae ye ken? Hae ye ridden yer lane afore?'

'Na, but naither has Tam.'

'That's juist whaur ye're wrang,' said young Tam Baxter. 'I hae practised ilka nicht for a week.'

By this time they were gey near bye the Linmill road-end, and I had followed them.

'Stop followin us,' said young Fred.

'The road's free,' I said, and cairrit on.

'Are ye ready, Tam?' said young Fred. 'I'm gaun to trot.'

'Ye can gallop, for aa I care,' said young Tam, grippin his pownie's mane is if his life dependit on it, and I sweir he lookit gey ill at ease.

Onywey, young Fred Jubb hit his leggins wi his whip, and it gied a crack like a pistol shot, and the pownie he was ridin stertit into a trot, and the reyn it trailed ahint it gied a jerk at young Tam's, and it gied a breinge forrit tae, nearly flingin Tam aff, sae on till the haill string o pownies was trottin, and though I ran efter them I sune lost my pech, and had to turn afore they won the length o young Tam's at the Falls.

My minnie was hauf wey hame to Linmill by the tap park whan I met her.

'Whaur hae ye been?' she askit.

I telt her aboot the pownies, and hou there were three juist gaun to waste, wi naebody on their backs, and said it wasna fair o young Fred Jubb to let young Tam Baxter ride one and no me, for I had ridden Daurkie for a year, and he was a heavy Clydesdale, sixteen haunds heich, and the Baxter's beast at the Falls was a licht garron, fowerteen haunds and nae mair, and I had neir seen young Tam up on it onywey.

'Weill, Rab, they're the Jubb's pownies,' said my minnie. 'Gin young Fred daesna want to gie ye a ride on ane, naebody can order him.'

'Could his faither no order him?'

'I daursay, but naebody can order his faither.'

'Could Mrs Jubb no ask his faither?'

'I daursay she could.'

'Are you no a freind o Mrs Jubb's?'

'I suppose I am.'

'Weill, could you no ask Mrs Jubb?'

'I daursay I could.'

'Ask her, then, will ye?'

'Aa richt, son.'

'Whan will ye ask her?'

'Oh I dinna ken. I micht no see her for a day or twa.'

'Could ye no see her the nicht? Ye could tak a walk doun through Linville.'

'I'm no very fond o gaun doun through Linville. And I hae naething to gang for.'

'Ye could gang juist for a walk.'

'Weill, mebbe, I'll see.'

She didna for a while, and I began to growe vext wi her, thinkin she was gey blate, and me her ain bairn. But the wait did nae hairm, in ae wey, for ilka time my grandfaither gaed near a horse I was there at his feet, priggin for a ride on its back, and ae ein whan he wasna thrang, and something had putten him into a guid tid, he pat an auld saiddle on Daurkie, and the reyns, and telt me hou to guide him, and syne lat me hae two turns the length o the hoose front on my very ain. Afore I was dune that nicht I felt aboot ready to ride at the Lanark races.

Then, ae ein late, whan I was lyin in my bed in the big upstairs room, listenin to the rummle o Stanebyres Linn, that aye grew looder the quaiter it grew aboot the hoose and closs, my minnie cam in to me, weirin her hat.

She had been doun seein Maggie Lauder, at Airchie Naismith's, and comin oot o Airchie's yett she had seen Mrs Jubb, and gane ower for a bit crack, and brocht up the maitter o the shelties.

'Ye're to be at the fute o the Lesmahagow road at fower o'clock the morn. Dinna say nou that I dinna speyl ye. Nou aff wi ye to sleep.'

Sleep. I could haurdly sleep a wink aa nicht.

Whan fower o'clock cam the neist day I had been waitin

at the fute o the Lesmahagow road till baith my feet and my dowp were weary, wi first sittin on the yett and syne leanin against it, wi my ein glued to the bend at Airchie Naismith's, waitin for the shelties to come.

They cam at last, at a slow walk, and I gied a wave to young Fred, but he didna wave back, and naither did young Tam Baxter, and whan at last they did win the length o the yett young Fred lookit gey soor.

'Gin ye want to come wi us ye'd better jump up quick,' he said.

The pownie ahint young Tam Baxter was the biggest o the five, and whan I had been alloued to sit on Daurkie's back my grandfaither had aye liftit me up. But I kent what to dae, for I had seen it dune, and I stude facin the sheltie's side, wi my haunds on it, and lowpit aff my feet, hopin I wad land wi my belly on its back, and syne bring my heid roun to the front and sit up, wi ae leg doun aither side.

But I hadna lowpit heich eneuch, and I slippit back doun on to my feet.

'Come on, come on,' said young Fred. 'I haena gotten aa day.'

I could see he wasna pleased at haein been telt to let me gang wi them, and was gaun to be as akward as he could. But it juist pat my puggie up.

I gied anither lowp, pittin my haunds on the sheltie's back and giein a shove wi them as sune as I was aff the grun.

The force took me gey near ower it athegither, and there was a wee while whan I thocht I was gaun to land heid first on the road at the faur side, but I managed to get my wecht on to my left haund, and span roun on it like a peerie, and sat up, wi my legs apairt and my haunds raxin for the sheltie's mane.

Nae suner had I gotten a grip on it than I heard young Fred's whip crackin on his leggins, and saw him kickin wi his heels like a savage.

His sheltie sprang forrit, and sae did young Tam's, and at the first jerk o the lang reyn mine liftit its heid, and tried to rise on its hin legs, and my heid gaed back, but the reyn jerkit again, and it lowpit forrit, and my feet cam up till I was gey near lyin on its back, and I gied a desperate breinge forrit to get my heid up and my feet doun again, but the sheltie had steadied at the end o its lowp, and I slid forrit on to its neck, and gin it hadna stridden into the trot then I wad hae tummlet aff.

As it was I slid back again on to the middle o its back, and grippit ticht wi baith haunds and knees, and keepit my heels doun and my taes up, the wey my grandfaither had telt me, and held up my heid.

I was still on, but faur frae feelin shair o mysell, for the trottin was gey sair on the banes, liftin ye up at ilka step and fetchin ye hard doun again, and gin the sheltie stummlet at a lowse stane or a puddle hole ye were jouglet aff yer sait, and it was fashious wark to win back on to it. Three times I had a job, and three times managed it, and syne I began to feel at hame, and micht hae enjoyed it, gin it hadna been juist sae sair on the banes.

We passed the Linmill road-end, and syne the front gairden orchard, and syne the Falls road-end, and the Clyde road stertit to sclim.

I kent young Fred wad slow to a walk then, and he did withoot warnin us, but I was ready for him, and leaned back juist in time to save mysell frae being flung forrit.

Young Tam Baxter hadna been ready, though, and slippit forrit on to his sheltie's neck, and though he didna faa aff he was nettlet, for he gied a bit keek roun to see if I had noticed.

I was fair pleased wi mysell, especially whan I thocht o the wey aheid, for ance bye the Falls the road gaed doun a lang brae, and I kent we wadna be able to trot there, and by the time we won to the fute o it, at the Black Brig, it wad be time to turn back again.

I sat up on my sheltie's back and had a guid look roun, and it was like being in a new warld athegither. I had walkit that bit o the Clyde road atween Linmill and the Falls mony a time, and aa I had seen on the side awa frae Clyde had been the stane dyke atween the road and a park o Tam Simpson's. Nou I could see the park itsell, and the warkers at the strawberries, and Tam Simpson at the shed, and his wife in her crazie, and they aa stoppit warkin and stared at the pownies.

Did I no feel prood?

And whan we passed the Falls hoose Martha Baxter cam oot, wi wee Alick in her airms, and Jenny aside her—the bonniest lassie in Clydeside, save mebbe for young Fred's sister Olive—and wee Alick waved his haund, and we three waved back, and syne passed on doun amang the beeches at the Falls brae, gaun at a steady walk, easy on the banes.

I neir saw Clydeside look ony bonnier, though the bluebells were bye in the Stanebyres wuids, and there was naither flourish nor fruit in the orchards. But it was strawberry-time, and the place thrang wi folk bye the ordinar, wi sae mony brocht in to pou the berries, and sic a steer atween the parks and the sheds.

But the lang Falls brae cam to an end at last, and we cam oot on to the straucht streitch ayont the Black Brig, whaur I had thocht we wad turn. There were nae folk aboot here, for on the Clyde side o the road there was an orchard, and on the ither side the Stanebyres policies.

Whan young Fred didna turn I kent he wad be for trottin again and I grippit ticht wi my haunds and knees and leaned forrit, and shair eneuch, he crackit his whip against his leggins again and kickit wi his heels, and the trot began, and though it jummlet me and jouglet my banes I sune began to feel that I could thole it, till I saw young Fred kickin wi his heels again, and young Tam Baxter tae, and I kent aa at ance they were baith oot to cowp me.

They didna, though, and we were comin gey near the heid o Hazlebank brae, whaur we wad shairly hae to slow doun and turn, whan I saw young Tam lean ower and bend doun, and feel wi his haund for the lang reyn, and jerk it.

My sheltie twice liftit its heid and jerkit back, but it keepit to the trot, sae young Tam leaned ower again, and was bendin doun to feel for the reyn a second time whan there was a nicher frae the sheltie ahint mine, and the reyn gied a jerk, and what happened efter that I juist canna be shair, for my sheltie liftit its heid again squealin, and I had to be ready in case it wad try to rise on its hin legs, and by the time it had steadied again there was a yell frae young Tam, on the grun juist ahint me.

'Stop!' I cried oot, and leaned back, and young Fred Jubb poued on his reyns.

We baith gat doun and helpit young Tam to his feet.

'Are ye hurt?' said young Fred.

'Ay,' said young Tam, haudin ae haund to his heid and the ither to his dowp. Ane o his knees was bluidin.

'Are ony banes broken? Can ye walk aa richt?'

Young Tam took a step or twa.

'Ay,' he said.

'What aboot yer airms? Can ye move them?'

'Ay.'

'What gart ye cowp?'

'He was leanin doun to jerk the reyn to cowp me,' I said.

'I was naething o the kind,' said young Tam.

'Ye were sae,' I said.

'Aa richt, aa richt,' said young Fred Jubb, 'let's get back to the Falls. The suner that knee's washt the better.'

Ye winna believe it, but young Tam wadna gang back on to the sheltie.

'Juist leave me,' he said. 'I'll walk. My leg'll stiffen up gin I dinna.'

'Ye'll be hame faur suner gin ye ride,' said young Fred.

'The sheltie's hair micht rub into my cut.'

'Aa richt,' said young Fred. 'Hae it yer ain wey.'

I rade the second sheltie efter that, and though Fred trottit again on the wey back alang the straucht streitch to the Black Brig, and I canna say I enjoyed it, I was prood at least that I could bide on the sheltie's back, and when we were doun to a walk again, on the wey up the Falls brae, I was fair in my element.

'We'll stop at the Falls,' said young Fred, 'and tell Martha that young Tam's on his wey.'

We did, and Martha askit us into the shop for some lemonade and biscuits, but young Fred said his faither wad be anxious, for he had gane faurer nor he ettlet. I was gey chawed at haein to miss the lemonade, and gey nearly telt Fred I wad walk the rest o the wey, but I thocht he micht jalouse that my banes were sair, and they werena that bad.

Sae we bade on the shelties, and hastent on, and whan we cam to the Falls road-end, and I thocht young Fred wad stop and let me aff, and I wad be saved anither trot, I was disappeyntit.

'Come on richt into Linville wi me, Rab,' he said. 'It's no faur to walk back.'

I didna want him to see that I was feart, sae I agreed, and frae the Falls road-end to the heid o the Linville brae we were trottin again, up doun, up doun, up doun, and ilka time doun aa the banes in my back crackin, and though we gat a cheer as we gaed bye the Linmill shed, frae some warkers that were cheyngin parks, I gat nae pleisure frae it, I was sae faur jurmummlet.

On my wey hame frae the Jubbs' stable I met my minnie at the shed yett.

'What's wrang wi ye, Rab?'

'Wrang?'

'Ay, ye're walkin gey queer like.'

'I'm a bit stiff.'

'Ye look it.'

'But I didna tummle aff,' I said.

'I'm gled to hear it.'

'Young Tam Baxter tummlet aff.'

'Was he hurt?'

'He bluidit his knee.'

'Ye suldna soond sae pleased aboot a thing like that. It isna nice!'

'He did it whan he was leanin ower trying to jerk the reyn to cowp me.'

'Oh did he? It served him richt, then.'

'Ay,' said I.

'But ye suld be sorry he was hurt.'

I didna say ocht, for he wasna hurt that muckle, and to tell ye the truith, gin his knee was ony sairer nor my banes it was faur waur nor it lookit.

ILKA FRUIT FERM on Clydeside had a shed haundie baith to the parks and to the Clyde road, whaur the rasps and grosets and currans and strawberries were cairrit efter pouin, to be sortit oot and weyed, and syne packit into crates and addressed to the auctioneer that wad sell them in the ring in the Caunleriggs in Glesca, whaur they were taen ilka mornin, lang eir it was licht, in horse-lorries or floats.

The Linmill shed lay aside the Clyde road opposite the Lesmahagow road-end. It was bigger than maist, biggit in twa pairts lyin at richt angles to ane anither, and at twa different levels.

The laich pairt wi its length to the road, but doun a bit bank ablow the road level. It had a door and winnock in it, and it was on a bench at the winnock that the berries were weyed in their baskets whan they were brocht in frae the parks.

The heich pairt lay wi ae gable to the road yett, and its flair was aboot three feet abune the road level. A big dooble-door opened oot through the gable on to a wuiden platform, that a lorry could back against for loadin, and the rufe cam oot ower this platform faur eneugh to shelter it.

Inside the shed there were braid wuiden stairs atween the laich flair whaur the weyin was dune and the wuiden flair that gied oot on to the platform in the gable, and efter the berries had been weyed in their baskets and packit into crates they were cairrit to the upper flair and stackit there till the lorries cam to load wi them at lowsin-time.

Frae the pouin o the airly grosets to the last o the strawberries my grannie was aye thrang in that shed, and whan I say thrang I mean it. I hardly daurt try to win in aside her, to watch her weyin the berries, for atween the daft men cairryin in the baskets frae the parks, and layin them aa ower the flair, and my grannie weyin at the bench, and my grandfaither cairryin them up the stairs and stackin them, there was nae room for me at aa, save mebbe in the black space aneth the upstairs flair, and that I was feart to gang near, for my grannie said there were rats in it.

Sae if I felt lanely at Linmill wi my grannie no in the kitchen, and I gaed to the shed to be near her, I played maistly aboot the platform in the gable. It gied ye a guid view o the Clyde road, baith up and doun, and the Lesmahagow road forbye. And the rufe juttin oot ower it gied ye shelter if there was rain, or shade if the sun was hot.

Whan my grannie was at the shed in the heicht o the simmer she used aye to pit a ticket in the winnock, that said "Strawberries for Sale', and nou and again folk frae a brake that was passin wad caa in and buy some, but it happened gey seldom, for by the time they had won oor length alang the Clyde road the folk in the brakes had haen dizzens o chances to buy aa the strawberries they wantit. But it did happen whiles, for some o the folk kent ae strawberry frae anither, and were anxious to buy the best, and wad caa in to see if we had ony Scarlet Queens or Paxtons. Mind ye, I agreed wi my grannie, that ye couldna bate a wee Ruskin for flavour, but the folk in the brakes, and in the toun shops tae, gaed by size and looks, sae the wee Ruskins had juist to be poued into barrels, and sent to the jam factory at Carluke.

It was an unco thing, but if my grannie made a sale to folk passin the shed she gaed licht in the heid wi the siller. Ony she did tak hame to Linmill she pat in a cheenie jug on the mantelpiece, alang wi the siller my grandfaither brocht hame frae the Caunleriggs. But she took little o it hame, for it juist seemed to burn her fingers. As sune as the folk had left the shed she wad cry me doun to the door, and send me aff to Martha Baxter's at the Falls, or Girzie Craig's at the heid o the Dublin brae, to fetch her back some sweeties, and the kind she aye wantit were big roun black-and-white-strippit affairs wi a nip that gart yer een watter. And whan I did fetch them back she ate as mony as she gied to me, if no mair.

Still, a sweetie was a sweetie, and ye can imagine that if

it was a guid day wi a wheen brakes on the road I wad be sittin on the platform at the shed gable, watchin for them comin, and hopin they wad stop whan they saw the ticket in the winnock. But as I said afore, it seldom happened, save mebbe on a Setterday, whan there were mair brakes nor ordinar.

Folk on Clydeside didna pou on the Saubbath in thae days. They let the berries lie till Monday, and ony that were to the ripe side they barrelled for jam. Sae there were nae sheds open that day, though it was as guid a day for brakes as a Setterday, if no better, for they cam thick aa day on the Saubbath, and no juist in the efternune.

Ae Saubbath whan I hadna haen to gang to the kirk, for my faither hadna come to Linmill that week-end, and my mither had gane to see him, I was oot playin in my auld claes wi my cuisins frae Linville, and we gaed into a park atween the waal yett and the shed to sample some Scarlet Queens, that Jockie said were the biggest he had seen. The plants were young and the berries had room to swall, he said, and whan we saw them we agreed that he was richt. We were wyrin into them like gluttons whan a brake passed alang the Clyde road abune us, and Jockie said that if the folk in that brake could see the berries they wad gang fair mad for them. They wad pey nine pence a pund for them, he said. And ye could hae poued a pund in a meenit, they were that big.

He left us and gaed awa up to the shed, and afore lang cam doun wi an airmfou o punnets.

'Hou did ye get thae?' said my cuisin Gret.

'My grannie leaves the key in a nail abune the door.'

'Ye'll catch it gin she fins oot,' said Gret.

'She'll be snorin wi my grandfaither at the paurlor fire. Come on, nou. Fill up thae punnets.'

I wasna very shair if it was richt. In fact, I kent it wasna. But I wyred in and poued wi the ithers, and we had aa the punnets filled in five meenits.

Jockie led us up to the shed, and opened the door, and pat my grannie's ticket in the winnock. Syne he set three o the punnets against the gless, filled wi the biggest strawberries he could fin.

We aa stude inside and lookit oot, waitin for customers, and we hadna lang to wait, for wi aa the ither sheds shut richt doun the Clyde road, tred hadna been speylt like for ordinar, and afore lang we were aa oot again pouin like mad, save for Jockie himsell, and he was keepin the customers talkin, and tellin them we wadna be lang.

Naither we were. We filled the new punnets as fast as we were able, and syne gaed back again for mair, and still mair, and ilka time we caaed at the shed ther were sae mony customers, and Jockie was rakin in that muckle siller, that we began to feel terrified. But a kind o fever had grippit us, and we couldna stop.

We were that thrang that we didna notice Airchie Naismith. He had seen us, it seems, whan he was haein a walk in his ain orchard juist ower the mairch at the heid o Linville brae, and, nae dout fair mad to think o aa the tred we were gettin, he had slippit up the Lesmahagow road and doun through ane o the tap parks to Linmill, to clype.

I was thankfou I was doun in the park fillin punnets, and no up in the shed, whan my grannie cam fleein alang the road, shakin her neives and flytin. What she said to Jockie I dinna ken, for Bob and Gret and I didna wait to hear it, but left oor punnets on the grun and ran for the waal orchard, whaur we lay doun in the thick o the biggest groset busses we could fin.

We waitit for a while, and were thinkin it micht be a guid idea to slip doun to Clyde, and let on we had been playin there, paiddlin in the whirlies, whan we heard Jockie cryin oor names.

We were for lettin on we couldna hear him, till he stertit yellin that my grannie wantit us to pou mair strawberries.

We juist couldna believe it. We had a look oot, though, and saw him pouin strawberries himsell. Syne we saw my grannie hurryin doun frae the shed wi some tuim punnets, and takin awa the anes he had filled.

We gaed back to the park, and Jockie telt us to wyre in or my grannie wad be mad wi us. And shair eneugh, whan she cam back doun for mair berries she gied us a flytin for rinnin awa. There were dizzens o folk waitin, she said, and the mair they waitit the mair brakes wad pile up, and if

we didna hurry the road wad sune be jammed richt back
to the Falls.

It was tea-time afore my grannie telt us to quat, and selt
the last o the punnets, and lockit the shed, and gied us aa
a shillin the piece. At least that was what I gat, and Bob and
Gret; but Jockie gat mair, for whan he pat his pey in his
pooch I could hear it jingle.

Mind ye, he gat a guid row tae. He swore to my grannie
that he had ettled to haund ower ilka penny he made, but
she didna believe him, and said he was a born cheat, and if
she eir fand him crookit again she wad tell his faither. He
didna argie wi her efter that, but ye could jalouse frae the
slee look in his ee that he wad juist lauch at her as sune as
her back was turnt.

She stude watchin him till he was roun the Linville bend
wi Bob and Gret, and then she saw the first o the brakes
comin back doun the Watter frae Cora Linn, sae she telt
me to haud on, and gaed back to the shed door for the key.
She had left it on the nail abune the door, as she aye did
for ordinar. But nou she took it and pat it in her petticoat
pooch, alang wi aa the siller.

'I'm takin nae risks,' she said. 'The deil micht come back
again.'

She took me back to Linmill then, but no by the road.
It was ower thrang, she said. Sae she took me by the pad
through the parks to the waal yett at the Linmill road-end. It
was screened frae the road by a lang orchard, and she keepit
keekin through the trees, and aa at ance she telt me to stop.

'Bide still,' she said.

I stude still, wonerin what had come ower her, and we
saw Airchie Naismith passin alang the road, on his wey
back hame frae Linmill.

'He's been haein a crack wi yer grandfaither,' said my
grannie.

I wonert at her no wantin him to see us.

Whan we won hame to Linmill my grandfaither was doun
in the kitchen, rypin the ribs aneth the kettle.

'Ye'll be late wi the tea,' he said to my grannie. 'Whaur
hae ye been? Did the young deil rin awa wi the siller? Did
ye catch him?'

'Ay ay,' said grannie. 'Look.'

And she tuimed her petticoat pooch on to the kitchen table.

'Guid God,' said my grandfaither. 'Was he gaun to keep aa that?'

'He says no,' said my grannie, 'but the Lord kens what he wad hae dune gin he hadna been catchit.'

'Let's coont it,' said my grandfaither. 'What was he chairgin?'

'Ninepence.'

'That's what the best berries fetch in the shops.'

'The folk were willin to pey it. The shops dinna gie them berries straucht aff the park. But wheesht till I feenish the coontin.'

She coontit the siller into wee heaps o shillins, and sixpences, and three-penny bits, and pennies, and syne checkit it ower. There were five pounds nine shillins.

My grandfaither began to wark himsell into a rage.

'To think the young deil was gaun to cheat us o aa that siller.'

'Oh he didna mak aa that,' said my grannie. 'He hadna drawn a pound whan I won forrit.'

'You didna bide and sell berries yersell!'

'I couldna dae ocht else,' said my grannie, 'There they were, twa-three brake loads o them, aa hingin roun the shed door, waitin for the bairns to fetch up their punnets, and Jockie had them promised. I juist couldna gang back on the laddie's word. And then whan I was servin the anes that had been promised mair and mair o them cam, and I couldna tell what anes had been promised and what no. And at ninepence the pund. It wad hae been juist fair daft no to obleege the folk.'

'Wait till the morn,' said my grandfaither. 'We'll neir hear the end o this. Linmill shed open on the Saubbath day. We'll be the disgrace o the haill Watter.'

'It'll be soor grapes,' said my grannie. 'There's nae hairm in lettin the bairns pou a wheen berries for siller for sweeties. It's no as if we'd haen the daft men oot, or the Donegals, or the weemen frae Kirkfieldbank, warkin for siller. That wad hae been brekin the Saubbath.'

'Ye'll be able to buy a lot of sweeties for the bairns wi five pounds nine shillins.'

'I gied them a shillin the piece, and five shillins to Jockie.'

'And what are ye for daein wi this, then?'

'I was thinkin it could gang in wi the egg siller.'

'And that hauf acre o Scarlet Queens cleaned o aa its best berries. I think it suld gang into the corner cupboard.'

'I tell ye what, Jock,' said my grannie. 'I'll gang haufers wi ye. And ye can hae a dram afore yer tea.'

My grannie opened the corner cupboard to fetch oot the bottle, and my grandfaither sat back in his big chair wi a look like a cat fou o cream.

'Sae ye made a shillin the day, Rab?' he said.

'Aye . . . Grandfaither?'

'What is it nou?'

'My grannie said the shillin was to buy sweeties. Can I spend it at the Falls shop efter tea?'

'No on the Saubbath,' said my grannie.

'But the Falls shop's open on the Saubbath.'

'Juist for the folk that come in the brakes to see the Falls. Girzie Craig daesna open on the Saubbath.'

'She wad open if she had the shop at the Falls,' said my grandfaither. 'And ye opened the shed yersell.'

'It was Jockie that opened it.'

'Weill, you didna shut it till ye had selt aa ye could.'

'And what aboot it?'

'Weill, ye can haurdly tell the laddie he canna gang to the Falls shop because it's the Saubbath.'

'It's a guid thing his mither isna here.'

'His mither wadna gie the maitter a thocht.'

'His faither, then.'

'His faither needna ken.'

Sae I won my ain wey, and I began to look forrit to ilka Saubbath still to come, kirk or nae kirk, but the tred that first day was a flash in the pan. Aabody in Clydeside had heard o oor enterprise, and the very neist Saubbath there were dizzens on sheds open faurer doun the Watter, wi the growers' bairns slavin like blacks, and by the time the brakes won to the Linmill shed it micht as weill hae been a Setterday. Aa the folk had been served.

There was anither thing. The meenister peyed a caa, and sat gey solemn-like wi my grannie for hours, and syne had a lang crack wi my grandfaither, oot in the park, and keepit him aff his wark. And for the first time I could mind o, he didna bide for ony meat.

THE CARLIN STANE was a big rock in the middle
o the Clyde at a bonnie braid bit whaur the banks widient
oot ablow Stanebyres Linn. Clyde was gentle at the Carlin
Stane, rinnin shalla ower graivel and chuckies, save on the
Nemphlar side, whaur it was ower deep to wade, and had
eneuch pouer forbye to cairry ye aff yer feet. Roun ahint
the Carlin Stane, on the deep side, there was supposed to
be a whirlpool, that wad souk ye doun if ye gaed dookin
in it, and I wadna woner gin this was true, for my faither
ance showed me an auld book wi a ballad in it, caaed 'The
Mermaiden o Clyde', and in the ballad there was a whirlpool
ahint the stane caaed the Gaun Weill. But whan I was a wee
laddie I hadna heard the whirlpool caaed by that name, and
I didna try to wade oot faur eneuch to look for it. I was
content to play on the Stanebyres side in the shalla watter,
or on the sandy bank.

It was a lang wey to the Carlin Stane frae Linmill, and I
couldna gang by mysell. Nane o the aulder anes could spare
the time to tak me, aither, sae I juist gat whan I could coax
my cuisins to come alang wi me. They werena that hard
to coax, for whan they took me wi them my minnie gied
them the lend o her picnic kettle, and made up a basket
for them wi scones and pancakes and biscuits, and gied us
aa a bawbee to ware at the Falls shop on oor wey bye.

But it wasna juist the thocht o the picnic that gart ane's
pulse quicken at the chance o gaun to Carlin. There were
ither ploys tae that were byordinar. Ye could fin baggies
in the Dublin Burn, and mennans in the Lowp whirlies at
the fute o the Linmill parks, but ye had to gang to Carlin for
beirdies. A beirdie was bigger nor a mennan, and gey like it,
save for ae thing. It had ane or twa lang whiskers on ilka side
o its mou. Nou mennans were catchit in gless jaurs, like

baggies, but to catch a beirdie ye needit a horse-hair snare, sae the ein afore a picnic at the Carlin my cuisins and I were aye in the stable, efter horse hairs. The best hairs were the langest, oot o the middle o the tail, but if the horse kent ye were gaun to pou hairs oot o his tail he wadna let ye near it. He jusit liftit a hin leg and lat flee, and it wad hae gaen ill wi ye gin he had gotten ye. Ye wad hae been plaistert against the stable waa, my grandfaither said, like a pund o minced collops. We gat oor horse hairs, for aa that, for we gaed to the stable juist whan the horses were bein beddit for the nicht, and their corn had been putten in the trochs, and my grandfaither or my uncle John was in the laft forkin doun hey into their racks. There was siccan a steer at that time, and the horses were sae taen up wi their meat, that they didna notice if ye slippit up ahint them and singlet oot a hair. And by the time ye had gien it a guid quick teug, and jumpit weill clear o their hin legs, it was owre late for them to kick ye. Mind ye, we had mony a close shave, and my grandfaither whiles gat gey crabbit, but we neir gaed to Carlin withoot rowth o horse hairs.

The ae day that I hae mind o nou, my minnie took us doun to the Falls road-end, whaur ane o the Linmill drives met the Clyde road, to see us roun the bend and ower on to the fute-pad, for there were whiles motor-caurs on the Clyde road, a new thing in thae days, and she was feart we micht be rin ower. But there were nae caurs that day, and whan we had gotten across on to the fute-pad we waved her guid-bye, and set aff wi oor kettle and oor picnic basket for the Falls hoose, whaur Martha Baxter keepit her wee shop. Efter we had wared oor bawbees, on luckie-bags maistly, we gaed through the Falls yett withoot peyin oor threepence, for the Baxters didna chairge their friends for entry to the Falls walks. The chairge was for the tounsfolk that cam in fower-in-haund brakes.

The Falls walk had been laid oot on the steep bank o the Clyde aboot Stanebyres Linn, to let folk win to the best places for a view o the tummlin watter withoot dirtyin their feet or mebbe slippin to their daith. There were airn railins atween the walks and the bank, and saits here and there whaur folk could rest, aye wi the Linn straucht fornent them, and if the Clyde was big it was an awesome sicht, I can tell ye. But we haurdly lookit at the Linn. We took the walk that led doun the watter to the mairch o the Falls grun wi the Stanebyres Wuids. There was a sait there, wi a lang view o the Linn, and juist aside it, on the mairch itsell, there was a wee wuiden yett whaur the made walk and the airn railins endit, and a nerra fute-pad began, that led through the Stanebyres Wuids to the shore at Carlin. The yett was aye lockit wi a padlock and chain, and we had to sclim ower the fence aside it, and wi aa the barbed wire aboot it was gey fykie, and there was haurdly ane o us that didna teir something. I tore my guernsey sleeve, and ein at that I was luckie, for my cuisin Bob tore the hin-end gey near aff his breeks, and my cuisin Gret tore her peenie.

There was naething atween the fute-pad and the steep bank whan ye won into the Stanebyres Wuids, and ye had to be carefu no to gang ower near the edge. At ae bit the bank had slippit awa, and taen the pad alang wi it, and ye couldna gang up abune whaur the pad had been for the heich fence at the fute o a strawberry park, sae ye had to haud on to the fence wires and wark yer wey across wi yer haunds. I was aye gled whan we won bye that bit. Efter that it was plain sailin, and afore lang we were doun aside Carlin. I wantit to licht the fire, but my cuisin Jockie was aulder and he made the rest o us gether sticks. It wasna fair, whan it was my minnie's kettle, but I juist had to dae what I was telt. Whan Jockie had gotten aa the sticks he wantit and had the fire weill gaun ablow the kettle he telt me to keep an ee on it while he and Bob fished for beirdies, but I wasna haein ony o that. Bob was younger nor me by a month or twa, sae I gart him watch the fire. The twa lassies had gane awa to pou flouers to mak into chains for hingin roun their necks, and wadna hae been muckle use wi the fire onywey.

Jockie wadit awa ower into deep watter aside the Carlin Stane, withoot makin a snare for me, and I couldna win at him to ask for help. But efter a while sittin on the bank and tryin ower and ower again I managed in the end to tie a loop in my horse hair, that tichtent whan it was poued, and I wadit oot tae look for beirdies. There was nae dearth

o them. Ye had to keep the sun fornent ye, sae that ye
didna cast a shadda, and creep up ahint a big stane till ye
could look ower the tap o it into the watter. Shair eneuch,
ablow gey near ilka stane there was a beirdie, wi juist its
heid showin, lookin oot wi big roun een and gowpin wi its
mou. Ye had to sink the loop o yer snare into the watter
juist fornent its neb, and syne wark the loop back alang its
heid withoot touchin its whiskers, till ye kent a pou wad
tichten it ahint the craitur's gills. At first I couldna eir win
bye the whiskers, but efter a bit o practice I catchit ane or
twa, and sune atween the pair o us we had aboot a dizzen
beirdies soumin in a wee hole my cuisin Bob had made at
the watter's edge, no faur frae his fire.

Jockie was catchin faur mair nor me, though, and I began
to think it was because I hadna wadit faur eneuch oot. I
tried to win oot ower aside him, but I cam to a bit that
took me ower the knees. Jockie telt me to come oot o the
watter and step frae stane to stane, and I gat up on ane o
the stanes, but it was slippery, and afore I could step doun
aff it again I fell flat in the watter.

I didna greit, although I was soakit to the skin, for Jess
and Gret wad hae heard me, and Jockie wad hae lauched,
but I felt gey miserable, for the watter was cauld, and I kent
I wadna be able to fish ony mair till I had dried my claes.
Jockie made me a wee pair o breeks wi twa hankies, and I
sat and shivert in them aa through the picnic tea, while my
claes lay oot on busses in the sun. Syne I sat and shivert
while the ithers played again, and I felt fair green wi envy
ilka time I heard a cry frae Bob, and kent he had catchit a
beirdie. To mak maitters waur Jess and Gret keepit comin
doun to the picnic basket to pit awa things they had fund
they wantit to tak hame wi then, and ilka time they saw me
they gied a silly giggle. I daursay I did look gey silly, sittin
wi naething on bune a pair o hankie breeks, but they wad
hae lookit juist as silly themsells.

But my claes were sune dry eneuch to pit on, and I had
gotten into them, and was juist thinkin o wadin oot and
showin Bob hou I could catch beirdies, whan Jockie said
it was time to gang hame. I didna want to gang, and argied
wi him, and in the end I said I wad catch ae beirdie mair

and follow them, for he wadna wait, but whan they had aa gane and left me oot in the Clyde by mysell I felt lanely, and frichtent o the watter a wee, to tell ye the truith, sae I juist gied in and ran efter them. I couldna fin them, for whan they heard me comin they ran and hid, and I had gotten to the bad bit whaur the pad had slippit awa wi the bank, and had stertit greitin, for I was frichtent to try to win ower it by mysell, whan I heard them lauchin at me frae amang the hazels. I felt gey angert, and no at aa freindly, and I telt mysell it was the last time I wad come to Carlin wi ony o them, and if they gaed by themsells they could fin their ain kettle.

I wadna let Jockie help me ower the bad bit o the pad, and managed fine by mysell. That pat me in a better tid, and whan Bob tore his breeks again gaun ower the barbed wire fence at the side o the wuid-end yett I grew fair joco. I stertit to show aff. I telt them I was gaun to sclim a tree for hazel-nuits. Jockie said they wadna be ripe yet, but I telt them that if ye poued them and took them hame and pat them in a drawer they wad be ripe by Hallowein. He said he didna believe me, but I kent I was richt, and up the tree I gaed, although I gat my knees stung wi nettles on the wey ower to it.

I was up the tree and pouin awa at the nuits whan Jess lat oot a yell, peyntin into the tree. It was a wasp's byke, she said. I telt her it wasna Hunt-a-Gowk, but she priggit wi me sae hard to come doun at ance that I began to believe her, and whan I saw my cuisin Jockie lookin sleekit and liftin a stane I was shair she was tellin the truith, and that Jockie was gaun to fling the stane and bring the wasps oot at me. I lowpit frae the tree straucht into the bed o nettles, and gat stung again, aa ower the legs this time, for wi sclimmin the tree my stockins had come doun. I juist had to roar like a bull, my legs were that sair, but Jess fand some docken leaves and brocht them ower to me, and I rubbit them ower the stings for aa I was worth, and eir lang the pain was doun to juist a burnie itch, that I could thole and nae mair. Jockie staned the byke then, and we aa ran for oor lives.

Whan we were weill oot o the wey o the wasps and had sat doun at the side o the Falls walk for a rest, Jockie said he kent whaur there was a foggie-bees' byke, in the hedge fute atween the Falls hoose and the Linmill road-end. He said that if ye herrit a foggie-bees' byke ye could lick the kaim, and the hinnie was as guid as Airchie Naismith's. Hinnie was something no to be missed but hou did ye herry a foggie-bees' byke? Jockie telt us. Ye poued yer stockins weill ower yer knees, and tied a hankie ower yer face like a mask, and ane o ye dug into the grun whaur the hole was, while the ithers waved brainches ower his heid to keep the bees aff him. Jockie swore he had dune it afore withoot gettin a single sting.

Whan we cam to the foggie-bees' byke the lassies wadna bide. They gaed awa on to Linmill. Jockie cut twa brainches frae a hazel wi rowth o leaves on them, and haundit ane to me. Bob was to dae the diggin wi Jockie's gullie. I thocht Jockie suld dae the diggin, but he said wavin the brainches was harder wark, and mair important, for ye had to keep them gaun aye juist whaur the bees were thickest, and whan ye were diggin ye haurdly noticed the bees. Bob lookit gey feart, but Jockie caaed him a couard, sae he stertit the diggin, and afore lang the bees were oot and at us like deils. Bob gied a skrech and ran awa, drappin the gullie, and I gey near ran awa mysell, but Jockie liftit the gullie and stertit to dig, and telt me no to stop wavin my hazel or he wad be stung to daith. I waved like a mad ane, and Jockie stuck to his diggin, and though I got stung I juist gied a yelp and keepit on wavin my hazel, for I didna want Jockie stung because I was a couard, and whan he gied a yelp himsell I wad hae waved till doomsday, stings or no, for I kent we were in it thegither. I gat twa mair stings, and waved till I was gey near drappin, and was juist beginin to think the bees had bate us, whan Jockie gied a cry and ran awa up the hedge, wi something in his haund. I ran efter him, still wavin the hazel, till we were baith clear o the bees. We gaed ower the Clyde road to the hedge at the fute o the Linmill road-end and sat doun in the gress to tak oor stings oot. Jockie had fower, and to tell ye the truith I felt disappeyntit that he had gotten ane mair nor mysell, I was sae prood o no haein rin awa; and they were that sair that anither wad hae made little differ. Bob cam ower and

stude watchin us helpin ane anither to tak oor stings oot.
He hadna been stung at aa. He had juist imagined it. Puir
sowl, he was lookin gey smaa.

Whan we had gotten the stings oot, and the pain was easin
a wee, Jockie liftit up the kaim he had gotten. It was gey
little for aa oor bother, a wee bit thing aboot three inches
across. And it was thick wi dirt. We gaed into the Linmill
front orchard to the wee waal burn, and tried to wash the
dirt aff, and nae dout the wash was a help, though it was
still faur frae bonnie whan Jockie took his gullie to it, to
divide it in twa. He said Bob wasna to get ony, because he
had rin awa. He pat his tongue to his bit o kaim, and said
it was rare. I didna like the look o my bit, but I didna want
to be left oot, sae I had a lick tae. I could feel the dirt, but
could taste the hinnie tae, and it was by faur the sweetest
taste I eir had kent. We were baith lickin awa and nae dout
lookin like kittlins wi cream when my cuisin Bob askit for
a taste.

'Dinna let him smell it,' said Jockie.

'I helpit ye get it,' said Bob.

'Ye ran awa, ye couard,' said Jockie.

At that Bob played grab at my kaim and poued a bit oot
o my haund, squashin what was left o it till it was juist
a stickie mess in my fingers. I lickit my fingers and gaed
efter him.

'Bash him,' said Jockie.

That stertit it. I kent Jockie was on my side, and I was
fair mad wi Bob for stealin my kaim, and for lauchin at
me whan I fell into the nettles, and for hidin wi the ithers
whan they ran awa frae me, and for catchin beirdies whan
I was sitt'n shiverin in my hankie breeks. I gaed for him
like a wildcat. He hit me a belt on the nose, wi his haund
fou o kaim, and whan the hinnie stertit to rin I thocht my
nose was bluidin, and I wasna gaun to hae that. I lammed
him aince in the ee, and aince in the mou, and ance I gat
him on the jaw and hurt my knuckles, and I thocht I had
him bate. But he landit ane tae, on my mou, and I could
feel my teeth gaun into my lip, and tastit my bluid, sae
I gaed for him again, mair cannie nou, and lammed him
ane richt on the neb. He stertit greitin then, and though

Jockie yelled at me to bash him again I thocht it was time
to lay aff, for the hoose wasna faur awa, and I was feart my
minnie wad be oot lookin for me, wi the twa lassies back
at Linmill afore us.

I was richt. Nae suner had we gane back to the burn to
wash aff the bluid and hinnie than there was a cry frae the
orchard yett. It was my minnie. Jockie and Bob ran awa
hame to Linville, and left me alane.

Whan my minnie saw me she raised her haunds in horror,
and whan she fand oot we had been fechtin she shook me till
my teeth nearly drappit oot o my heid. I was chased into the
hoose and telt to get ready for my bath, and ilka steik I took
aff seemed to hae a teir in it, and she raged at me for speylin
aa my claes. Syne my grannie cam ben and saw my swollen
lip, and whan my stockins were aff they saw the rash in my
legs, and whan my semmit was aff my minnie fand it was
still wat, and they fand oot that I had tummlet into Clyde.
Syne whan my grannie was washin me doun she fand the
bee stings, and they had to be telt aboot the herryin o the
foggie-bees' byke. In the end they kent aa.

I had juist been putten to bed withoot ony supper and my
minnie was ragin on aboot my cuisin Jockie and what a deil
he was, eggin on twa laddies to fecht, and garrin them help
to herry a foggie-bees' byke, and flingin stanes at a wasps'
byke whan a laddie was up a tree aside it, and hou she wad
hae to speak to his mither, and what she wad say, whan
his mither chappit at the front door. She had come to tell
my minnie what she thocht o me, hittin a laddie younger
nor mysell. I had gien Bob a black ee, she said, and cut
his mou, and bled his nose, and I was a fair disgrace, and
that was the last time ony o her bairns wad gang to Carlin
wi me, I wasna fit company for them. My grannie tried to
haud the bannets atween them, but there was a fair todae,
and whan Bob's mither left she was still gaun on aboot me,
till I began to feel a richt deil mysell.

My minnie cam ben to see if I was sleepin. I wasna.

'Did ye gie Bob a black ee?'

'Ay.'

'And bluid his nose?'

'Ay.'

'And cut his lip?'

'Ay.'

'Ye haena dune sae badly, son, but he's younger nor you.'

'He's juist as big.'

'He's younger, though.'

'Twa months, juist.'

'Still, he's younger, and I dinna like fechtin. Wha stertit it?'

'He stole my hinnie kaim, and Jockie telt me to bash him.'

'Ay weill, it mebbe wasna your faut, but dinna dae it again.'

I promised I wadna, but I was dowie aboot no haein onyane nou to tak me doun to Carlin, for I was shair my cuisins wad be keepit clear o me for the rest of my holiday.

'Minnie?'

'What is it?'

'Will I no be alloued to gang to Carlin again?'

'No wi yer cuisins, I dout, for a while yet.'

'I wad like to gang to Carlin again.'

'Dae ye like gaun to Carlin?'

'Ay.'

And I telt her hou ye snared beirdies wi a horse's hair.

'Ay, weill,' she said, 'I'll speak to yer daddie whan he comes on Setterday. Mebbe we could gang doun there oorsells and hae a picnic, juist the three o us. Hou wad ye like that?'

'Will ye ask my grandfaither to get some horse's hairs?'

'Ay, ay, dinna fash. Is there still moss on the Carlin Stane, wi harebells growin in it?'

'Ay.'

'That's aboot aa I mind o it, though I used to gang there aften mysell whan I was a lassie. Nou gang to sleep, if ye can. Yer stings'll be better in the mornin.'

I didna gang to sleep for hours, thinkin o aa that had happened. It had been sic an unco day that I didna want to forget a meenit o it.

THE LINMILL ADDRESS was Stanebyres, Kirk-
fieldbank, Lanark. Stanebyres was an estate, and Linmill
stude on Stanebyres grun. There was a big hoose caaed
Stanebyres, awa up an avenue frae the Clyde road at the
Smuggler's Brig, abune Hazelbank. They say it stude in
a muckle park wi big trees aa ower it, and tame deer grazin
aboot it, but I neir saw it. The avenue was private.

The falls aside Linmill was caaed Stanebyres Linn, and
the big beech wuids aside it were caaed the Stanebyres
Wuids, sae ye see aa oor side o Clyde aboot Linmill was
Stanebyres this, or Stanebyres that, though whaur the first
stane byres had been, or whan, I neir fand oot. At first,
to tell ye the truith, I thocht the auld byre at Linmill had
something to dae wi the name, but my daddie said the ferm
itsell wasna that auld, and was caaed efter an auld ruin doun
aside the Linn at the fute o the waal orchard, and he showed
me the stanes o the auld mill ae day, gey laich in the grun,
and hidden amang nettles. It had been a lin mill, he said,
or *flax* as the English caaed it, and that was hou it had
gotten its name: no frae the falls. Hou Stanebyres estate
had gotten its name he didna ken.

The ferms on the ither side of Clyde frae Kirkfieldbank,
richt doun the watter to the end o the Stanebyres Wuids,
near Hazelbank, were in an estate caaed Sunnyside. They
werena like oor ferms, for the bank was steeper on the
ither side o the watter, and the parks abune it lay up oot o
the beild, and wadna growe fruit. If they werena in gress
they were in hey or corn or neeps, and the fermers keepit
kye. But it was a faur awa warld to me, for Clyde ye couldna
cross atween the Kirkfieldbank and Crossford brigs, and
they were baith miles awa.

Mind ye, a man could cross Clyde, if he wasna feart, at a

wheen o places. They used to say that Tam Baxter had ance wadit across the very lip o Stanebyres Linn, but his wife Martha was sae dung doun ower it that he swore he wadna try it again; and there was a nerra place atween the banks at the fute o the Linmill parks caaed the Lowp, whaur a man could jump across, though naebody had tried for a gey while, sin a hauflin frae Nemphlar had landit short, and been cairrit awa to his daith. They fand him later on in the pule caaed the Saumon Hole, doun ablow the Linn, and he was an ugsome sicht, by aa accoonts.

There were twa ither places, no sae fearsome. Ane was by the Carlin Stane, at the fute o the Stanebyres Wuids, whaur Clyde braident oot ower a shalla, and ye could wade across, they said, if ye had lang legs and the watter wasna big. I had a guid look ilka time I was doun there, but I neir saw ony wey to wade across, for roun the back o the Carlin Stane, hauf wey ower, there was a muckle hole wi a whirlpule caaed the Gaun Weill, and it lookit as if it wad sook ye doun gin ye gaed near it.

The ither shalla was at Dublin Brig, atween Linmill and Kirkfieldbank, whaur the road passed ower the burn that cam doun into Clyde through auld Joe Dyer's orchard. I seldom gaed near it, for I didna like to hae to pass through Linville. There were some laddies bidin near Girzie Craig's shop that aye yokit on to me, if I was aa by mysell.

It was an unco thing, but for aa the grand places on the Stanebyres side o Clyde, there were places on the ither side that seemed faur better. Tak the whirlies. They were roun holes worn by flood watter in the saft rock, whaureir there was a hard stane lyin. We had a guid hauf dizzen on oor side o the Lowp aa big eneugh for paiddlin in, and ane big eneugh for a dook, if ye didna want to soum, and safer if ye couldna, for the watter haurdly rase abune yer knees. But they didna content us, for haurdly a hot day in the simmer could we gang near them, withoot seein some callants frae Nemphlar on the opposite bank, dookin in a whirlie there, and it maun hae been faur bigger, and faur deeper nor ony o oors, for they stude on the edge and dived in.

And it was the same at the Carlin Stane. The Stanebyres

side was grand there was nae dout, wi saund at the watter's
edge, and sticks in the wuids to licht a fire wi, and big
stanes in the shallas wi beirdies aneth them, that ye could
ginnle wi a horse-hair snare. But at bluebell time there was
nae comparison atween the twa sides o the watter. There
were bluebells on the Stanebyres side nae dout, but no
sae thick that ye couldna see atween them. Ye couldna
at Sunnyside. The bluebells there lay sae close thegither
they were like a mist hinging, amang the aiks and birks,
and I think to this day they were the bonniest sicht I eir
set een on.

And it was the same at ither times. If there was onything
guid on the near side o Carlin, there aye seemed something
better on the ither. The primroses in the spring, like
the bluebells in the simmer, aye lookit bonnier ower
at Sunnyside, and the hazels at the back-end lookit
heavier-laden, wi thicker clusters, and fatter and riper
nuits, nor the hazels in Stanebyres Wuids.

It was fashious, and I grew up wantin to cross that
watter, whiles at the Lowp, to dook in the Nemphlar
callants' whirlie, and whiles at Carlin, to dig for primroses,
or pou bluebells, or gether nuits. I maun hae stude gazin
at the Lowp hunders o times, till I grew that dizzie wi
the rush o the watter that I gey nearly tummlet in, and
I stude for hours in my bare legs in the watter at Carlin
gazin into the shallas abune the Gaun Weill, feelin wi a
big tae for the lie o the bottom, and wonerin if I could
risk anither step, till my feet grew sae blae wi the cauld
that I could hairdly feel wi them, to fin my wey back to
the shore.

And in bed at nichts, lyin in the daurk listenin to the
rummle o the Linn, I wad imagine mysell tryin to jump
ower the Lowp, and faain back into it, like the hauflin frae
Nemphlar, or tryin to wade across Carlin, and bein soopit
aff my feet and cairrit doun to the Gaun Weill, and sookit
into the middle o it, and drount.

But whan I did cross Clyde, it was at Dublin Brig, and
it was a bird's nest we were efter.

My cuisin Bob and I had gane doun ae day, alang the
hedge that mairched wi Airchie Naismith's grun, to the heid

o the bank abune Clyde. It was steeper here nor onywhaur else alang the park bottoms, and though we leaned oot as faur as we daured, ilk takin a turn, wi the ither haudin his legs, we could see nae wey doun to the edge o the watter. It was a peety, for we wantit to play doun at Clyde, but Jess and Gret, twa o Bob's sisters, were at the whirlies wi the Baxter lassies, and they had chased us awa. Jess was faur aulder nor Bob and me, and no blate wi her lufe.

We sat for a while lookin oot ower the heid o the steep bank at the Clyde awa doun ablow us, and at the bank on the ither side, risin heich abune us, and covert wi big beeches, and ashes and aiks, some o them stranglet wi ivy.

'See that bird,' said Bob.

He peyntit doun through a hole in the fullyery o a hazel to the rush at the tail o a pule. There was a big bird wi lang legs staunin in the watter aside a big stane, and as sune as I saw it it gaed dab wi its beak in the watter, sinkin its neck, and syne brocht up its beak wi a fish in it, raised its heid, gowpit, and sent the fish doun its thrapple. Syne it stude still again, nae dout waitin for anither.

'It's caaed a herne,' said Bob. 'Tam Baxter hates them, for they eat the wee troots.'

We sat watchin the bird for aboot an hour efter that, and shair eneugh it ate a wheen o fish, and then, aa at ance, it streitched its wings and liftit its legs oot o the watter, and flew awa drippin, first up the watter, syne doun again, risin aa the time till it was juist aboot level wi oor een, and then, whan it was richt fornent us, it landit in the tap o a tree on the ither bank, and settled oot o sicht amang the fullyery.

'It'll hae a nest there,' said Bob.

We moved alang the bank a bit, watchin the tree, and in a wee while cam to a place whaur we could see what we thocht was a nest, richt at the tap o the tree whaur the bird had landit.

'It'll mebbe hae young anes,' said Bob. 'It'll be feedin them wi the fish.'

'It swallowed the fish,' I said.

'Tam Baxter says they bring the fish back up, and drap them haill into the young anes beaks.'

'Back up oot o their wames?' I said.

'Ay,' said Bob, 'and if ye dinna believe me ask Tam Baxter.'

'I believe ye,' I said, for Tam Baxter kent aa aboot fish, or onything to dae wi fish. He had fish on the brain, my grannie said.

We sat for a while watchin the nest.

'I wish we could see better,' I said.

'Ay,' said Bob.

'If ye were ower at Sunnyside,' I said, 'and up on the edge o that park abune the bank, ye could look doun into that nest, and see what was gaun on.'

'I believe ye could,' said Bob.

'I ken ye could,' said I, 'for the edge o the park's heicher nor whaur we're sittin, and the nest's aboot level wi us.'

'Ye wad hae to walk aa the wey to Kirkfieldbank Brig to get ower to Sunnyside, and aa the wey back doun again, on the ither side, to get into that park.'

'No if ye could jump ower the Lowp,' said I.

'Na, but we couldna dae that,' said Bob. 'It wad be suicide.'

'Ay,' said I, 'but mebbe we could wade across somewhaur.'

'They say ye can wade across at Carlin,' said Bob, 'but Carlin's juist as faur frae here as Kirkfieldbank Brig.'

'Ye can wade across at Dublin Brig,' said I, 'and that's no faur awa, gin we juist hadna to gang back up on to the road again.'

'We dinna hae to gang back up on the road again. We can slip through the hedge into Airchie Naismith's, and roun the back o his hoose, and alang the bank at the fute o his park.'

'He has a dug,' said I.

'If we're quait it winna hear us,' said Bob.

We gaed through the hedge into Airchie Naismith's grun, and roun atween the back o his hoose and the edge o the bank abune the watter, and a gey job it was to win bye, for at ae place there was a midden whaur rubbish was flung ower, and pails o dirty watter, and it was juist like a wat slide. His dug did hear us, tae, and howled as if its maister was gaun to dee that nicht, and we heard him yellin at it, but we were sune oot o his wey, for the bank eased aff a wee as we won nearer Dublin, and we gat aff his grun on to the slope o it, amang the sauchs and hazels, and though it was whiles gey saft aneth oor feet, whaur the field drains endit and watter tuimed oot, we won to Dublin Brig in the end, whaur we meant to wade across.

But we were fair forfochen, and whan we had a look at the watter we kent we couldna cross, that day at least, for it was faur ower deep. There had been heavy rain twa days afore, and we had forgotten aa aboot it.

We gaed back by the road, Bob to Linville and me to Linmill, gey disappeyntit.

We didna forget the herne's nest, though, and ilka warm day, if Clyde lookit wee, we gaed alang to Dublin Brig to try the shallas.

A day cam at last whan we thocht we micht manage, for we paiddlet oot to the middle and fand it juist within oor depth, sae we gaed back to the bank and fand oor buits and stockins, and tied them roun oor necks, for we didna want to hae to walk doun the ither side o the watter to the park abune the nest in oor bare feet.

It wasna sae plaisent paiddlin wi yer buits roun yer neck, for the meenit ye leaned forrit to pit yer haund on a stane, to steady yersell, they began to swing oot ablow ye, and whiles touched the watter, and whan ye strauchtent up they hit ye in the chist, and gey near knockit ye aff yer feet, especially if ye were on some jaggie stanes, or on a slimy rock.

But we won oot to the middle again, and syne stertit to feel oor wey forrit, through a glessie glide ower a clean rock bottom, that we had thocht nae deeper nor the runnels we had crossed on oor wey oot to it. But we sune fand oor mistake, for if ye lookit doun at ane o yer legs ye saw the bit atween yer knee and the watter lookin juist its ordinar, but the bit atween the watter and yer fute lookit silly and short, and ye kent that the watter was cheatin ye, and was deeper than it seemed.

We had rowed up oor breeks gey near to oor dowps, but we sune had to rowe them up faurer, and then we fand that whan the watter was up to them the force o it gey near liftit us aff oor feet. In fact, twice I felt my feet slippin.

'Wait for me,' said Bob.

He was shorter nor me, and whan I turnt roun to look for him I fand him a guid wey ahint.

I gaed back and took his haund, and we gaed forrit thegither.

'My breeks are gettin wat,' he said.

'They'll dry in the sun,' I said, 'ance we win to the ither side.'

'Haud me,' he said, 'I'm slippin.'

I was slippin tae. I had a look aheid and saw a big stane stickin oot o the watter, sae I held ticht to his haund and breinged for it. It was like walkin on air, and I felt my ain breeks gettin soaked, but I glued my een on that stane and made for it. Bob gied a yell, for he had stertit to float, but I poued him efter me, and I won to the side o the stane. We baith stude and held on to it, gaspin for braith, and then had a look at the watter still to cross. There was naething in it, juist shalla runnels amang beds o big chuckies.

'Come on,' I said. 'We're gaun to manage it yet.'

And manage it we did, and whan we won to the shore, we lookit ower to Dublin Brig. It seemed a lang wey aff, and the laddies that had been fishin for baggies whan we left the ither side were staunin starin at us.

I waved to them, but they didna wave back, and ane o them ran awa up the Linville road. Girzie Craig was his grannie. He wad be awa to tell her, I thocht, but I didna care. It was nane o her business.

Bob said he didna want to gang awa back doun Clyde to the park abune the herne's nest. He was ower wat, he said. But I coaxed him ower amang some hazels and we took aff oor breeks and gied them a wringin, and syne pat back on oor buits and stockins, and by that time we felt a lot better, and he was game to gang on.

But it was reugh gaun up that Sunnyside bank, I can tell ye, for it was clartie wat and covert wi briers and brambles and that steep ye could haurdly keep yer feet. Afore we won to the park abune it we were glaur frae tap to tae, and covert wi scarts.

The park was fou o neeps, tae, and we had to tramp ower the dreels, and then we cam to a hedge that we couldna win through till we had gane up the side o it gey near to Nemphlar, and whan we did mak the neist park it was fou o young bullocks, and they cam rinnin doun at us if they were gaun to gang for us, and we werena very shair o them, though we kent they werena bulls. But they juist made a ring roun us, and pat their heids doun, and drew their braith oot and in, as if they werena shair o us aither, and in the end we faced up to them, and gaed on.

But the neist hedge we cam to was ower muckle for us. There were thistles at the fute o it, and wi aa the scarts we had gotten sclimmin up frae the watter, we juist couldna thole the jags.

And we werena hauf wey to the park abune the nest.

'I want to gang hame,' said Bob.

'Aa richt,' I said. 'Come on.'

Aa the wey back doun to whaur we had crossed the watter I had ae idea in my mind, and whan we won to the shore I cam oot wi it.

'If ye dinna want to wade across Clyde again, we could walk up to Kirkfieldbank Brig.'

'We canna,' said Bob, 'withoot crossin the Mouss.'

I had forgotten the Mouss. It jeyned the Clyde ablow Kirkfieldbank Brig, no faur frae Sunnyside Hoose.

'The Mouss Watter's no braid like Clyde,' said I, 'and it canna be sae deep, and there's a brig ower it onyway, at the fute o the Mouss Peth.'

'It wad be daurk afore we won near it,' said Bob.

'Ye want to wade back to Dublin, then?' said I, and had a look across the watter. I gat the shock o my life, for aa alang the fence aside the road abune the bank, frae Dublin Brig gey near to Linville, there was a raw o folk staunin, aa watchin us, and someane was wavin.

'Look,' I said.

'It's my mither,' said Bob.

'Come on, Bob,' I said, 'if we can wade across ae wey

we can wade across the ither. We dinna want to hae them aa lauchin at us.'

And we took aff oor buits and stockins again, and tied them roun oor necks.

We gat a fricht, though, whan we stertit to wade. The watter seemed faur deeper nor whan we had crossed afore and whan I lookit for the big stane whaur we had restit at the end o the glessie glide, I could haurdly see it. The watter was gey near ower it.

'The watter's risen,' I said.

'My mither's wavin us back,' said Bob.

He was richt, and she was yellin tae, though we couldna hear what she was sayin, for the watter was roarin in oor lugs, and that was a queer thing tae, for on oor wey ower afore we had heard nae mair nor a reishle.

'I'm turnin back,' said Bob.

I didna like turnin back, wi aa the folk lookin on, and I felt my wey forrit for a while, but in the end I fand I was bate, for I gat my breeks wat again, and stertit to slip, and the skrechin frae the fence ower at Dublin grew something fearsome.

'Yer grannie's there,' said Bob.

I lookit to see if it was true and gey near lost my balance.

He was richt. My grannie was there, and she was shakin her neives and yellin. I lost my balance and gey near lat mysell droun, I felt sae fulish, then I thocht o my mither, and kent I'd better gie in. I gaed back to the nearest stane and sat doun.

In a wee while a man stertit wadin ower frae Dublin, wi a stick in his haund to steady him. He frichtent me at first, for his face was pitch black, and then I saw he was a cuisin o my mither's, a collier frae Linville. He maun hae been catchit comin in frae the pit.

Whan he won ower aside us he said he wad gie ane o us a cairry, and the ither could tak his haund.

'Bob's younger nor me,' I said. 'He can hae the cairry.'

Whan we set aff back I was as prood as a peacock to be wadin and no cairrit, but I was coontin my chickens afore they were hatchit, for as sune as the watter was ower my

waist, and I had stertit to float, the collier gript me by
the middle and held me in his oxter, and I hung ower the
watter fair helpless, till anither collier, a brither o the first
ane, cam and took me on his back.

It was whan the pair o them stertit to talk that I fand
oot hou the watter had risen.

'They couldna hae crossed wi the watter like this,' said
the ane that was cairryin Bob.

'It's risen,' said the ane that was cairryin me. 'It aye rises
efter lowsin-time at the New Lanark mills. They let doun
aa the watter they hae been haudin aa day.'

'It's a guid thing it didna rise whan they were hauf wey
across,' said Bob's ane.

'They wad hae been ower Stanebyres Linn by this time,'
said my ane, giein me a bit hitch faurer up his back, juist
like a bag o coal.

Still, he was daein his best for me, and I wadna hae ye
think I wasna gratefou, but it was sic a disgrace.

The folk alang the fence gied a cheer whan they landit
us baith on the shore, and then my auntie Jean, Bob's
mither, gaed for me, for leadin Bob into danger, and
syne my grannie gaed for my auntie Jean, sayin I was
nae waur nor Bob, and the folk began to snigger, and
I tried to slink awa, and my grannie cam efter me and
yokit on to me, and daddit my lug, syne grippit me in
her twa airms and held me that ticht that I could hardly
draw a braith, and aa the time she was greitin, and sayin
it was a guid thing my mither wasna there, or she wad hae
passed awa.

She led me by the haund aa the wey through Linville,
as if I was a bairn, and aa the folk stared as we gaed bye,
and I could hae sunk through the grun.

Whan we passed the Lesmahagow road-end we met my
grandfaither, comin to look for us.

'They're aa richt, then?' said my grandfaither.

'Ay. Yer brither Sam's twa laddies cairrit them back
ower. The watter had been lowsed at New Lanark mills.'

'Sae ye wadit across Clyde, Rab?' said my grandfaither.

'Ay,' said I.

'A peety the watter raise,' said my grandfaither.

'Nou dinna encourage him,' said my grannie. 'If it had risen whan they were hauf-wey across they wad baith hae been drount.'

She keepit sayin that to my mither tae, whan she telt her aa aboot it, later on, and I had to promise no to gang near Clyde again.

And I didna, for a while.

FRED JUBB, THE horse-breker, had his place at the tap end o Linville, no faur frae the Lesmahagow road-end, and that lay juist at the faur end o the Linmill tap park. It was biggit o grey stane and had his hoose at the ae end and his stable at the ither, and his stable door gied oot into a yaird, wi a shed for his gigs.

He had twa gigs, a mercat gig juist like my grandfaither's or ony ither fermer's, that he drave in to Lanark or onywhaur else he micht be gaun, and a special gig for brekin in horses to the trams. This was bye ordinar athegither, for it had juist ae sait atween the wheels, wi nae bodywark to speak o, and its trams were lang and whippy, and had been sae aften broken and syne spliced and whippit thegither wi steel ribbon that the first time ye saw it ye wonert, and syne whan ye had fund oot what it was used for ye began to feel that Fred Jubb could be nae couard, to daur to sit in sic a thing whan it was haein its trams broken.

I saw them broken ance, and I gat the fricht o my life.

I had been up by the yett at the heid o the brae on the Lesmahagow road, efter a forkit ash stick frae the hedge there to mak a sling wi, and was on my wey doun to Linmill by the pad through the strawberries, whan I heard my grannie yellin and saw her staunin oot by the closs mou wavin to the men in the park aside the Clyde road to move ower to the Linmill road-end.

They had juist run ower and were staunin at the road-end waitin whan there was a clatter o horses' shune frae the road roun in front o the hoose, and my grannie yelled to them.

'It's comin! It's comin! Stop it! Drive it up this wey to the stable!'

Then aa at ance oor grey mear cam into sicht at a canter, and made straucht for the men at the road-end.

'Nou dinna let it past ye! Stop it!' yelled my grannie.

But as sune as the mear won near them they flew for the hedge at the side o the road, and it gaed fleein past and turnt to the richt alang the Clyde road to Linville.

'Efter it! Efter it!' yelled my grannie, and my grandfaither cam rinnin alang frae the front o the hoose and made straucht ower the park for the Lesmahagow road-end, to heid the mear aff.

I followed as fast as my legs could cairry me, peyin nae heed to my grannie, for whan she saw me she yelled at me to gang inbye and bide there, or I wad be kickit to daith, but I didna believe her.

Whan I was hauf wey ower the park to the yett at the Lesmahagow road-end I saw my grandfaither and the ither men cheynge their airt and rin straucht doun to the dyke abune the Clyde road, and syne lowp doun aff the dyke on to it, and rin awa back alang it to the Linmill road-end again, for something had turnt the mear back.

I was juist gaun to turn back mysell whan I saw a laddie rin up to the park yett at the Lesmahagow road-end and dive heid first ower it. Ane or twa ither laddies followed, and whan they had gethert themsells thegither they sclimmed up on to the baurs o the yett and lookit oot on to the road as if there was something there weill worth watchin, and it seemed there weill micht be, for there was a soond o yellin frae that airt tae, and a clatter o horses' shune, and syne I saw Fred Jubb's heid abune the hedge, bobbin up and doun as if the gig he was in was fairly giein him a jummle.

Thinkin that gin I gaed efter oor ain mear my grannie micht catch me, I made for the laddies at the Lesmahagow road-end yett, and sune fand my cuisin Jockie, and sclimmed up aside him.

'Is it Fred Jubb?' I askit.

'It's a stallion,' said Jockie. 'It's gane wud athegither, wi the Linmill mear on the lowse.'

And he was richt. I neir saw ocht like it. That stallion, a big black glossie ane, was giein Fred Jubb the fecht o his life. No that he seemed fasht, mind ye. He was sittin in that single sait wi a reyn in aither haund, and the whip tae in his richt, wi his back as straucht and his heid as heich as if he had been showin aff a stepper at the Lanark show. But his mou was shut ticht, and his een were bleizin.

He was tryin to keep the stallion's heid to Linville, and it wantit to turn roun for Linmill.

Ilka time it tried to turn, ae wey or anither, he poued its heid hard the ither wey, and ilka time he poued hard the stallion rase on its hin legs and nichert.

Syne, aa at ance, whan he was pouin its heid to the left, it made a breinge to the richt for the Lesmahagow road, and afore he could pou it doun on to its forelegs again it had won gey near oor yett.

We were aff the yett and in ahint the hedge like bullets.

But he managed to stop it, and tried again to pou its heid roun to the left, to gar it tak the road to the stable. But it juist rase again on its hin legs, and this time it backit, and the tail o the gig hit oor yett.

I felt gey thankfou that we had won doun aff it in time.

But it wasna lang against the yett, for the meenit its forelegs met the grun Fred Jubb crackit his whip, and the stallion was aff like a bullet gey nearly straucht for its stable in Linville, and we gey nearly cheered, till we saw that insteid o strauchtenin oot whan it won to the hedge o the Linmill bottom orchard, it keepit straucht on into it, and rase on its hin legs again.

Fred Jubb poued hard on the richt haund reyn, to gar it strauchten oot, but its forelegs were haurdly on the grun afore they were up again, and this time it rase till it was gey nearly straucht frae its muzzle to its twa hin feet, and for a while it seemed as if it was gaun to tummle ower backwards on tap o the gig, and baith the trams broke wi a crack, and it squealed and cam doun on its forelegs again, and took twa desperate lowps, and as Fred cleared the gig wheels it gaed richt through the orchard hedge, takin the gig wi it, and the haill turn-oot, horse, harness and broken gig, endit up in a humplock at the fute o the bank inside the orchard hedge.

Fred Jubb disappeared through the hedge efter it, and whan we saw the ither men gang forrit and look doun, we creepit oot frae oor hedge and jeyned them.

The stallion was lyin on its back, wi its heid on its side, jerkin its legs and frothin at the mou.

'It's back's broken,' said Tam Baxter. 'I ken by the wey it's lyin.'

'It'll hae to be shot,' said Neddie Dougall.

Fred Jubb was warkin at the harness, but as sune as he tried to lowse the belly-band the stallion liftit its heid and tried to rise.

'Will one of you sit on its head?' askit Fred. He was an Englishman.

Tam Baxter and Neddie Dougall baith gaed through the hedge, and Tam sat on the stallion's heid. But the meenit Fred stertit on the belly-band again, it strugglet and lat flee wi its legs, and Tam sune lowpit back.

'You try,' said Tam to Neddie Dougall.

'I think it suld be shot,' said Neddie Dougall.

'It'll be for the vet to say that,' said Fred, and took a knife frae his pooch, and opened it, and takin a firm haun o the reyns in his left haund, he stertit to cut through the belly-band and traces, while the stallion strugglet up on its forelegs, and Tam Baxter and Neddie Dougall cam fleein back through the hedge.

'Staun back,' cried Tam, 'he's gaun to lowse it wi a knife!'

I ran across the road for the tap park yett again, and was ower it juist ahint my cuisin Jockie.

'It'll kill him,' said Jockie.

'Fred Jubb?' I said.

'Ay, it'll kill him. He canna haud it. No unless it's hurt. And if it's hurt it'll be waur. It'll kill him.'

But it didna, though we had a while to wait afore it was in sicht, and syne we saw it ahint the orchard yett, a guid ten yairds frae whaur it had gane through the hedge, and Fred was yellin for someane to haud the yett open.

Tam Baxter opened it and ran for his life, and Fred led the stallion through, grippin it ticht close in by the bridle, and ilka time it rase up on its hin legs squealin he gied it juist eneuch reyn to keep himsell clear o its shune, and syne poued it back doun again, close in, his haund ticht, haudin it firm. And sae he led it, side-steppin and backin and reistin and rairin, and nicherin and squealin, bit by bit doun the road to the stable.

We were staunin by the railin o the stable yaird, wonerin hou Fred was gettin on inbye, whan my grandfaither cam frae Linmill lookin for me.

'Come on, Rab,' he said. 'Yer grannie's gaun to be crabbit wi ye, I dout. She says she telt ye to gang inbye whan the mear brak lowse.'

'But the mear turnt back for Linmill, grandfaither. I wad hae gotten in its way.'

'Whaur were ye at the time?'

'In the Clyde road park. I was faur safer bidin whaur I was.'

'Ay weill, ye can tell yer grannie that.'

We cam to whaur the stallion had made the hole in the hedge.

'I'll hae to mend that hole,' said my grandfaither. 'A nuisance. Gin he had juist haen the sense to tell me he wad be oot wi that stallion, I wad hae keepit the mear in the stable.'

'Whaur was the mear, grandfaither?'

'In the hey park.'

'What gart it brek lowse? Was it the stallion?'

'Ay.'

'Did they want to fecht? Dae mears and stallions hate ane anither?'

'Na. They juist want to be theither, but it's no aye convenient. Did ye see the stallion gaun through the orchard hedge?'

'Ay.'

'Was Fred cowpit?'

'Na, he lowpit clear. He had to cut the harness to lowsen it, grandfaither, for naebody wad sit on its heid.'

'He suld hae sent for yer grannie.'

'To sit on its heid?'

'Ay. Ye saw the mear gaun doun the Linmill road?'

'Ay.'

'And the men tryin to stop it?'

'Ay.'

'Dae ye ken wha stopt it in the end?'

'My grannie?'

'Richt first time. But she gied me a fricht, for she stude

her grund till it was gey nearly on to her, wi its shune within an inch o her face. She's a game ane, yer grannie.'

I felt gey prood o my grannie, whan I thocht o the men that had been feart to sit on the black stallion's heid, and whan she gaed on at me for no gaun inbye whan the mear was lowse I juist tholed it till she was tired o it, and bye and bye she was speirin aboot the stallion, and I had to tell the haill story frae stert to feenish.

The neist day ye wadna hae kent that anything had happened bye the ordinar gin it hadna been for the new bit o wuiden railin my grandfaither had made to fill the hole the stallion had made in the hedge. The broken gig and the cut harness had disappeared athegither, and aa thing was sae quait as I gaed bye Fred Jubb's stable, on my wey to Kirkfieldbank for my grannie's weekly papers, that by the time I had won to Dublin Brig I had forgotten the haill affair.

I wasna lang gettin my grannie's papers and makin back for Linmill, for she was aye deein for them, and gied me a bawbee for gettin them, to ware, and anither bawbee, to hain, gin I didna dawdle on my wey hame. The first bawbee I aye wared, no in Mrs Scott's, whaur I bocht the papers, but in Mrs MacIlvaney's, nearer hame. Mrs Scott was gaun blin, and her shop was growin fair scunnersome wi dirty finger-marks. Mrs MacIlvaney's was clean.

I had juist been in and bocht my sweeties, and had stuck ane in my gub, whan alang the road, gaun the same airt as me, cam Fred Jubb himsell, drivin a braw chestnut in his mercat gig, and giein it its heid.

For aa that he poued the horse up whan he saw me, and offert me a hurl.

I had a job sclimmin up into the sait aside him, but in a wee while we were sitting thegither, and he had crackit his whip, and the chestnut was skelpin through Dublin like the wind, and I can tell ye I felt prood o mysell, to be sittin in a turn-oot like that, for Fred's mercat gig was aye keepit weill washt and polished, and his harness fair dazzled yer een.

Whan we had slawed doun for the Linville brae I stertit the crackin.

'Yon black stallion was a terror, Mr Jubb.'

'Black stallion, Robert?' he said, puzzled like. He aye caaed me Robert because that was what my minnie caaed me when she spoke to the Jubbs, wi Fred English.

'Ay,' I said. 'The ane ye were brekin in yesterday. The ane that gaed through oor orchard hedge.'

He noddit at the chestnut in the gig.

'This is the horse that went through the hedge.'

'Na na,' I said, 'the big black glossie ane that brak the trams and landit at the fute o the bank, wi the gig on tap o it.'

'This is it,' he said.

'But it was black.'

'That would be the sweat. This is the horse.'

'A stallion?'

'Yes.'

I felt terrified, and grippit the sait ticht wi baith haunds, wonerin if I could lowp oot gin the beast stertit to rin wild again, but it was a gey wey doun to the grun, and the road was made o hard reid grush, like aa the roads aboot Lesmahagow, and gin ye gat ony in yer knees they aye festert.

'Is it safe?' I askit.

'Yes yes, don't be frightened,' he said, 'It's a very quiet animal usually. It was the mare that upset it yesterday.'

That had me gluein my een on ilka gress park that cam in sicht, in case ony o the ither growers had a mear oot.

And whan we cam to Fred's stable, and he liftit me doun aff the gig, I was sae thankfou to be leavin him that I gey nearly forgot to say thank ye for the hurl.

Yet whan my grannie saw me hame sae sune and speired hou I had managed it, I couldna keep frae braggin.

'I gat a hurl hame frae Fred Jubb, in his gig. He was drivin the stallion that gaed through the orchard hedge yesterday.'

'He was what!'

'Drivin the stallion that gaed through the orchard hedge.'

'Then he had nae richt to offer ye a hurl, the thochtless deil. Wait till I get my tongue on him.'

But I heard her sayin to my grandfaither, at tea-time, 'Rab gat a hurl frae Fred Jubb. He was drivin the stallion that gaed through the orchard hedge.'

'The day? Aready?'

'Ay.'

'He's no feart.'

'But giein the laddie a lift,' said my grannie. 'That wasna wyce, shairly?'

'I dinna ken,' said my grandfaither. 'Fred kens his horses. I dinna think he wad hae dune it gin he had thocht there wad be ony risk. But the laddie had spunk takin it.'

Mebbe I suld hae telt them that I thocht he was drivin anither horse athegither, but I wasna supposed to be listenin, sae I juist keepit quait. But I made up for it efter that by aye tryin to hae spunk like Fred Jubb.

THE LINMILL GRUN was plantit oot in parks and orchards, the parks wi strawberries, whan they werena haein a rest, and then wi tatties or neeps, or corn, or hey, till they gaed back into strawberries again.

There were five orchards, ane o them atween the hoose and the Clyde road, caaed the front gairden. It was the shape o a horse shae, and lay atween the twa ferm roads that led to the Clyde road frae the house front-door.

The ither fower orchards lay atween the Clyde road and Clyde itsell. Ane o them, the road orchard, ran alangside the Clyde road frae the yett opposite the main Linmill road-end to a bend in the road near the shed, no faur frae Lesmahagow road-end. At richt angles to this, stertin frae the yett opposite the Linmill road-end and rinnin alang the mairch wi Tam Baxter's grun richt doun to Clyde, was the waal orchard. It and the yett leadin into it took their name frae the waal hauf-wey doun it, whaur Daft Sanny gaed for the hoose watter. The third orchard ablow the Clyde road was the knowe orchard, lyin hauf wey atween the waal yett and the shed. Like the waal orchard, it lay at richt-angles to the road, but it didna gang aa the wey doun to Clyde. It endit at the fute o the knowe that gied it its name, and a gey steep knowe it was. The last o the orchards was the shed orchard, a wee ane atween the shed and the mairch wi oor ither neibor, Airchie Naismith.

In aa the orchards there were ploom trees and aipples, and the waal orchard had peirs tae. Amang the trees were plantit berry busses; rasps, grosets, and rid, white and black currans, aa in raws, and the rasp canes were bent ower and tied into hoops, and they lookit gey trig whan they were newly-tied, afore the green canes grew up and smoored them.

I had the rin o aa thae orchards, and though I played maistly aboot the anes near the hoose, there wasna ane o them that didna hae some special attraction. The shed orchard in the winter was aye guid for a phaisant, and my grandfaither took me there wi his gun. In the spring there was nae place for birds' nests like the road orchard, for there was a bank ablow the road thick wi moss, and the nests I likit best were aye the wee roun anes made o moss and hair, and ye fand dizzens.

In the simmer I had three favourites. Ye could fin soor green grosets in ony o them, but in the waal orchard there were fower busses o airly sulphurs, the first grosets to ripen on the ferm, and they were yella like gowd, and sweet. Mind ye, there were sweeter grosets in the knowe orchard, for my grandfaither took me there ae day to sample some o them. Ane was a wee licht-rid hairy berry wi a thick skin, that he said had the best flavour o ony groset ye could growe. Mebbe it had, but I didna like the thick skin. The ither was a beauty, though, a muckle pale-green ane the size o a ploom, wi a delicate skin and nae hair, and as sweet as a gless-hoose grape. I could hae dune wi mair o them, but the ae time I tried to fin them withoot my grandfaither to guide me I gat lost amang the rasp canes at the heid o the knowe. The hoops o canes were heicher nor my heid, and whan I had won atween twa raws o them to the heid o the steep slope that led doun to whaur the grosets were, I couldna see ony wey oot. The raws seemed to rin into ilk ither awa doun ablow me, and I was feart to gang on. As faur as grosets were concerned, then, I had to be content wi the sulphurs near the waal, though I gaed to the knowe orchard for rasps. There were nane onywhaur else.

Rid and black currans I didna like, but I did like the white anes, and there were a wheen busses o them in the front gairden. They were bigger nor the rid anes, and shairper in flavour, but my grannie said I juist gaed for what wasna common. There was nae difference, she said, atween the white and the rid, except for the colour. Mebbe she was richt, but I likit the white anes.

Efter the berries were bye the plooms ripent, and my favourite orchard for a while was the waal ane again, for

doun bye the waal, gey near Clyde, there were twa trees
o airly blues, the first o the year. They werena very big,
and though sweet eneugh if weill ripent, they had nae great
flavour, but I neir tired o them till the greengages were ripe
in the front gairden. The greengage tree stude juist inside
the yett, opposite the hoose front-door, and if I sclimmed
it whan my grannie was at the kitchen winnock she could
see me. The greengages were the bonniest plooms on the
ferm, and the sweetest, but there was juist the ae tree, and
they made a guid price, sae I was aye chased aff the tree if
I was seen. But I aye managed my share o them afore they
were gethert.

Efter that cam the Victorias, in ilka orchard on the ferm,
and the Victoria's a bonnie ploom, and a sweet ane if weill
ripent, but whan ye see thoosands ye sune tire o them, and
the time aye came whan I wad hae gien an eicht-pund spale
o the biggest Victorias in Clydeside for ae bite o a guid saft
aipple.

But ein whan the Victorias were lang bye, a saft aipple
was gey ill to come by. Straucht aff the tree, what eir their
colour, the Linmill aipples aa seemed to be hard and soor,
and for a lang while I didna believe ye could eat an aipple
that hadna been keepit till Christmas in a hauf-square in
the stable hey-laft. Mind ye, I enjoyed the getherin, rinnin
aboot the fute o the tree whan my grandfaither was up
the lether, pickin up ony that fell, and pittin them into a
special roundel he keepit for fruit that were bruised. They
wadna keep, he said. But I wad raither hae been getherin
something ye could eat, and ye couldna eat the aipples.

There were aa kinds in the Linmill orchards, green
anes, yella anes, yella-and-rid streakit anes, russet anes
and bricht-rid anes, and I tried them aa, the brichtest
anes first, whiles gaun by mysell and sclimmin the trees,
though they were gey near as ill to win at frae up the tree
as doun it. But I had nae luck. The very brichtest were
as hard as the green anes and juist as soor. Ye micht hae
thocht I wad learn, but I didna. Whaneir I saw a bricht rid
aipple I had to sclim up the tree for it.

Weill, the time cam whan I had tried ilka aipple in the
Linmill orchards, and had fund nane to please me. I was

beginnin to wish it was time for getherin the peirs, and I gaed doun into the waal orchard to hae a look at them, to see what size they were, and if their colour was turnin.

They lookit big eneugh for getherin, though gey green, and I tried the first ane I could get my haund to. I could haurdly get my teeth into it. I kent I wad hae to wait a gey lang while for a peir.

I gaed ower to the waal, and syne creepit through the hedge to Tam Baxter's troch, to hae a look at the mennans he keepit there for the fishin, but the efternune was weirin weill on, and the licht was fallin, and I could haurdly mak them oot.

Whan I rase aff my belly to mak my wey back through the hedge I had a wee look roun. I saw a tree I hadna noticed afore. It was hingin thick wi the biggest and riddest aipples I had eir clappit een on.

Mind ye, it was Tam Baxter's tree, and no my grandfaither's, but mony a feed o airly sulphur grosets his laddies had haen in the waal orchard whan they were playin wi me at Linmill. I thocht o gaun alang the road to the Falls and askin young Tam to come and sample his faither's aipples alang wi me, but by the time I had fund him it wad hae been near daurk. Sae I thocht I wad juist help mysell. What was ae aipple amang aa thae hunders?

I gaed ower to the tree and had a guid look. There were nae brainches laich eneugh for me to rax up and catch. I wad hae to sclim up the trunk and oot alang a brainch that was thick eneugh to haud me. A gey kittle maitter.

I was beginnin to belly my wey alang a brainch whan I thocht I heard a door shuttin at the Falls and the bark o a dug, and I lay and listent for a while wi my hairt dingin, but there was nae ither soond, sae I bellied my wey on till the brainch began to bend. I couldna see very weill, for the fullyery was gettin into my een, and ticklin my neck ablow my chin, but I managed to pou it back, though I could hae dune wi baith haunds to haud on wi, and I saw an aipple I thocht I could win at.

But to win at that aipple I had aither to lowse my grip on the tree, or let the fullyery into my een again.

I lookit hard at the aipple, to mind whaur it was, syne

shut my een ticht and let the fullyery back against my face again, and raxed wi my free haund. I managed to fin the aipple at last, and was juist giein it a pou, whan I heard a reishle amang the weeds ablow the tree, and the pant o a dug.

I hung on frozen stiff, no drawin a braith.

Syne I heard a whistle frae the Clyde road, and anither reishle, faurer awa this time, and aa was quait again.

I micht hae kent it was ower quait, but I didna think. I was ower anxious to be doun aff that tree and back through the hedge again in oor ain grun.

I pat the aipple up my jouks and stertit back for the trunk, but I was in sic a hurry that I lost my balance, and fell to the grun.

I landit on my dowp, and thocht I had broken my spine, but efter I had lain for a while I fand I was aa richt, and was juist aboot to rise and mak for the hole in the hedge, whan a dug gied a yelp in my face.

I gied a yelp tae, and scrammelt for the hedge, wi the dug jumpin efter me. And whan I wan through the hedge, gaun like a bullet, I fand mysell against someane's legs. I lookit up, and there was Tam Baxter.

'Guid God, Rab, sae it's you. I thocht it was some laddie frae Linville. What were ye daein through the hedge?'

'I was lookin at yer mennans.'

'Oh ye were, were ye? And what's that roun thing ye hae up yer guernsey?'

'It's an aipple.'

'I thocht sae. Let me see it.'

I lat him see it.

'The biggest on the tree.'

I gey near telt him it was the first ane I could get my haund to, but I didna want to anger him.

'It's a braw aipple, eh?'

'Ay.'

'Better nor ony ye hae in Linmill.'

I said naething to that, though I thocht it was mebbe true.

'But ye suldna steal, laddie. Gin ye had askit for it I wad hae gien ye it gledly. Ye'll no steal again, will ye?'

'Na.'

'Juist come and ask, if ye see onything ye fancy. Stealin's wrang. Has yer grannie no telt ye that?'

'Ay.'

'Awa wi ye, then, and let this be a lesson to ye.'

I held oot the aipple, but he juist gied a bit lauch.

'Ye can keep it.'

I stertit for the waal yett, and he walkit ahint me. Whan we won to the yett it was gey near daurk.

'Guid nicht, then,' he said, 'and mind what I hae telt ye.'

'Ay.'

He whistled his dug in and syne shut the yett, and gaed aff up the Clyde road to Linville.

I gaed ower to the gress at the side o the Linmill road and stude by the front-gairden hedge.

It was a while afore I could mak up my mind to taste that aipple. Tam had said I was to keep it, sae it was mine. But I wished I had askit him for it insteid o stealin it. Syne I wished he had taen it frae me. I thocht o throwin it ower the hedge into the front gairden, and leavin it. Then I thocht that if Tam was to learn I had dune that he wad say I shud hae gien it back. It was a braw aipple, and he was prood o it. It wad be a peety juist to throw it awa.

I took a bite o it.

It was as hard as the aipples my grannie used for jeelie, and as soor as a slae.

I wantit mair than ever to throw it ower the hedge, but still I felt it wadna be richt. And I couldna tak it hame and ask my grannie to cut aff the side I had bitten and use it in the kitchen. I thocht I had better juist eat it, and it wad serve me richt.

But I couldna. Efter a bite or twa my chowks were gey near meetin in the middle o my mou, and my een were watterin. I threw it ower the hedge efter aa and slank awa hame.

I heard my grandfaither in the stables as I gaed through the closs mou, and saw his lantern in the winnock. I was gled, for if I wasna in the hoose afore him baith he and my grannie aye stertit to speir whaur I had been, and what I had been daein, and that nicht I didna want to tell them.

I had my supper and on to my bed withoot a flytin, but it was a while afore I could sleep, lyin wishin I hadna stolen that aipple or that Tam had taen it back, or that I hadna let him say that it was better than ony ye could fin in Linmill, for it wasna, though I didna ken that at the time. And I wished I had telt him that I hadna poued the biggest on the tree, but juist the first ane I could get my haund to. But the hairm was dune, and I could see nae wey o pittin it richt.

By the mornin I had gey near forgotten aa aboot it, and efter my breakfast I gaed doun to the park aside the knowe orchard to my grandfaither, whaur he was gafferin a squad o weeders in the strawberry beds.

My cuisin Jockie was ane o them. As sune as he sae me he peyntit wi his thoomb ower to Tam Baxter's orchard, syne lat on he was eatin an aipple.

I kent then that Tam Baxter had clypit.

I turnt and made hame for Linmill, but afore I won to the wall yett I met my uncle John.

'Ay, Rab, what's this I hae been hearin aboot ye?'

I stertit to rin, and heard him lauchin.

Whan I won back to Linmill I was feart to gang into the hoose, sae I gaed into the stable and sclimmed up to the hey-laft, and sat amang the hey aneth the skylicht, and felt miserable.

At denner-time I heard my grandfaither passin through the closs mou and scrapin his buits at the hoose back-door, and I kent I shuld gang for my denner, but I was feart.

In a wee while my grannie cam oot and cried for me, and I kent I wad hae to gang, but I was that feart I took a gey while to sclim doun the lether, and by the time I had won to the stable door I met my grandfaither lookin for me.

'Oh ye're there, Rab. Thank God. I thocht ye had mebbe tried to rin awa. What gart ye tak ane o Tam Baxter's aipples?'

'There were sae big and rid-cheekit.'

'But I growe the same kind at the fute o the knowe. Ye could hae haen dizzens o them.'

'I didna ken. I canna win doun to the fute o the knowe. It's ower steep.'

'They're cookers, tae. They're no for eatin straucht aff the tree.'

'I ken.'

'It was soor, was it?'

'Ay.'

'Ye canna judge an aipple by its looks. It ye want a guid aipple for eatin aff the tree you meet me at the waal yett at quattin-time. But ye're a bad laddie, Rab. Ye suldna steal. And ye suld hear Tam Baxter braggin aboot thae aipples nou. Better than onything Linmill can growe, and he says you said it.'

'I dinna, grandfaither. He said it.'

'Ay weill, but ye maun hae thocht it, or ye wadna hae gane through that hedge. But dinna stert greitin. Dicht yer een, and come in for yer denner.'

'Grandfaither?'

'Ay?'

'Daes my grannie ken?'

'Nae fear. Ye wad neir hear the end o it.'

'Grandfaither?'

'What nou?'

'I didna pou the biggest aipple on Tam Baxter's tree. I juist took the first I could win at.'

'And what aboot it?'

'He said I took the biggest on the tree.'

'Dinna fash aboot what he says. He's a blether.'

I met my grandfaither at the waal at quattin-time, and he turnt and took me doun to the fute o the knowe orchard and showed me the big rid cookers. They were juist as big as Tam Baxter's, if no bigger, and juist as rid, and there were fower trees o them.

'See,' said my grandfaither, 'hunders o them, and juist as guid as the Falls anes, if no better.'

I felt sic a fule that we were gey near back at the waal yett afore I mindit that he had promised me an aipple that was guid to eat straucht aff the tree.

'I haena forgotten,' he said.

Whan we left the yett we didna cross to the Linmill road, but gaed ower to the dyke at the fute o the front-gairden. He sclimmed the dyke, and liftit me ower efter him.

He took me to an auld mossie tree in the beildy corner nearest the Falls. It was hingin wi wee licht-green aipples, turnin yella a wee. I had seen them afore, and hadna gien them a thocht.

He poued a wheen, and haundit me ane.

'Try that,' he said.

I tried it. It was saft and sweet and juicy.

'What dae ye think o it?'

'It's guid.'

Hae ye eir tastit better?'

'Na.'

'Tell Tam Baxter that. He hasna a single tree of thae pippins. They arena plantit nou. They're ower saft to traivel. But they're a grand aipple for the hoose. We'll hae to gether them on Setterday. Will ye help me?'

We gethert them on the Setterday efternune, juist the twa o us by oorsells, and I didna hae to bide on the grun to pick up the anes my grandfaither lat faa. I was alloued to sclim up a lether o my ain, and pou the aipples into a roundel on a wire heuk, juist like my grandfaither.

Tam Baxter cam alang the road whan we were thrang at it.

'Ay, Tam,' said my grandfaither. 'Aff to Kirkfieldbank?'

'Ay.'

'I'll mebbe see ye there later on.'

'What's that ye're getherin?' said Tam.

'It's an auld Newton Pippin. It's oot o favour nou, but it daes weill eneugh for the hoose. Wad ye like to try it? Rab, sclim doun and gie Tam the pick o that first basket.'

I sclimmed doun as cannie as I could, and pat the ripest lookin aipples frae the first roundel into my guernsey, and took them ower to Tam.

He took ane.

'Thank ye, Rab,' he said.

He tastit it, and we waitit to hear what he wad say. He took a while ower it.

'Ay, it's no a bad aipple.'

'Tasty,' said my grandfither.

'Ay. Mind ye, it's gey saft. It wadna dae for the mercat.'

'That's what killed it. But it's a grand aipple for the hoose. Wad ye like anither? Pit ane or twa in yer pooch.'

'Thank ye,' said Tam.

And he took aa I had in my guernsey.

'I'll see ye later on, then,' said my grandfaither.

'Richt,' said Tam. 'At the Kirkfield.'

He made awa up the Clyde road for the inn.

I sclimmed up my lether and was sune pouin aipples again, juist opposite my grandfaither.

'Grandfaither?'

'What?'

'He didna seem that keen on thae pippins.'

'Weill, son, ye could haurdly ettle him to admit that he hadna an aipple wi a flavour like them in the haill o the Falls orchard. But he took aa ye gied him.'

'Ay. Grandfaither?'

'Ay?'

'I'm gled he took them.'

'Ay, son. That's him peyed back nou, eh?'

'Ay.'

'Wyre in, then. I want to feenish eir it's daurk.'

THE PARKS AT Linmill atween the Clyde and the Clyde road were caaed the bottom parks, and the parks abune the Clyde road the tap parks. Linmill lay abune the Clyde road in a hallie like a saucer, wi the tap parks risin aa roun it. They were mairched on ae side by the lang bend o the Lesmahagow road, as it rase frae the Clyde road to the heid o the first brae, and if ye were gaun somewhaur upland oot o Linmill ye took a pad that led frae the closs mou to a yett on the Lesmahagow road at the brae heid, to save ye gaun aa the wey roun by the Clyde road and the Lesmahagow road-end.

No faur frae this yett, on the Lesmahagow road, but on the ither side o it, was Joe Dyer's plantin. Joe Dyer was the fermer in Kilbank, and his parks mairched ahint Linville wi a park o Muir the butcher's. The plantin lay alang this mairch aa the wey to an orchard that lay atween Kilbank and Dublin, anither place like Linville, but nearer Kirkfieldbank. It was caaed Dublin, they said, because there were sae mony Irish in it.

The plantin was gey nerra, and fou o lang thin fir trees, no at aa like the big beeches alang the Clyde road at Linmill, or in the Stanebyres Wuids. But there was a hedge alang aither side o it, maistly o thorn, but wi ash plants tae, and briers, and brambles, and hinniesuckle, and if ye were efter birds' nests, or bees' bykes, or the sicht o a rabbit, or a forkit stick for a sling, or juist a bit switch to keep the flees aff ye, it was a guid eneugh place.

For a lang time I was feart to gang near it, ein wi my cuisins, for Joe Dyer was an auld warrior, wi a gey savage dug, and he wadna hae thocht twice o lettin it teir the back-side oot o yer breeks, and haudin ye ower to the polis forbye, if he had fund ye trespassin, as he caaed it.

But he had a son caaed young Joe, juist aboot the age o my cuisin Lizzie, and as sune as they had left Kirkfieldbank schule they were seen trystin ane anither at the fute o the Dublin orchard, or up the Lesmahagow road at the Kilbank road-end.

Efter that my cuisin Jockie seemed to think he had as muckle richt in Joe Dyer's plantin as auld Joe himsell. He took Bob and me the haill length o it ae day in braid daylicht, as faur as the heid o the Dublin orchard, and it wasna till we heard a dug barkin like mad at the back o Kilbank, and saw auld Joe rinnin straucht for the plantin, yellin his heid aff, that he telt us to rin for it, and gaed aff himsell like a bullet.

Auld Joe had seen us, it seems, whan he was a wee thing awa frae the hoose and he had thocht he could catch us gin he didna waste time rinnin back to lowse his dug. It was a guid thing he didna, or the dug wad hae won up on us in nae time, for it was hard to rin at ony speed in the plantin, wi sae mony brambles aboot, ready to trip ye. But the dug had to bide on its chain, barkin its heid aff, while auld Joe ran to the plantin to try to catch us. I dout if he won near eneuch to see wha we were, for we heard nae mair o the maitter. Jockie said he had gane short in the braith.

Frae that day on, though Jockie seemed as gallus in his mainner, and took us back to the plantin time and again, he neir gaed as faur as the orchard, and I was gey relieved.

Then, ae simmer day, whan we were lookin for nests and finnin maist o them tuim, for the scuddies had feathert and learnt to flee, Bob peyntit up to the heid o a lang thin fir, and shair eneuch, there was a nest, or if no a nest something gey like it.

We lookit up, wonerin what kind o nest it could be, when aa at ance Jockie gied a shout.

'Look!' he said.

He was peyntin up to anither tree, and there was a wee riddish broun beast wi a bushie tail, sclimmin the trunk and syne rinnin oot on a brainch.

'It's a squirrell,' said Jockie.

It ran oot on the brainch till it began to bend, syne lowpit in the air, and grippit a brainch o the tree wi the nest in it, syne swung on that till it steadied a wee, and syne ran alang it and up to the nest.

'Sclim up the tree, Jockie,' said Bob, 'and frichten it oot again. I didna see it richt.'

'Ay, Jockie,' said I. 'Sclim up and let's see it again.'

'It'll mebbe hae young anes,' said Bob. 'I wad like to see them tae. Ye could fetch ane o them doun.'

'It's no a very thick tree,' said Jockie. 'It wad bend wi my wecht. It wadna be safe.'

'Ye're shairly no feart,' said Bob.

'Try it yersell,' said Jockie. 'You're a lot lichter than me.'

'If I was your age I wadna be feart,' said Bob.

Jockie stude for a while lookin gey ill at ease.

'Come on, Jockie,' said Bob. 'I want to see it again.'

'Ay, Jockie,' said I. 'I haurdly saw it aither, and I haena seen ane afore. I wad like to hae a richt guid look at it.'

Jockie gaed to the faur hedge and had a look at Kilbank.

'Keep yer een skinned for auld Joe Dyer, then,' he said.

We promised, and Jockie stertit sclimmin the tree, and he made sic a noise wi aa the brainches he brak that I was shair Joe's dug wad hear him, but though I keepit my een weill skinned I saw naething stir aboot Kilbank at aa.

Jockie rase heicher and heicher up the tree, and shair eneugh it did stert to bend, and I began to think hou terrible it wad be if he fell and brak his neck; and whiles he bade still in ae place for a gey while, and it seemed he was beginnin to feel feart, but Bob coaxed him on, and in the end he won up to the nest.

We waitit wi oor hairts thumpin to hear what he wad fin, but it was a while afore he said ocht. Then he shoutit doun that there was a hole into it.

'Pit yer haund in,' said Bob.

'It micht bite me,' said Jockie.

'Pou yer guernsey sleeve doun ower yer neive, and haud it wi yer fingers.'

It was what we aye did whan we wantit to feel the eggs ablow a clockin hen, to see if they were cleckin.

Jockie poued his sleeve doun ower his neive, and pusht it into the nest.

'Can ye feel onything?' said Bob.

'Ay,' said Jockie. 'I think there are young anes.'

'Fetch ane o them doun,' said Bob.

'I'm no shair if it's young anes. It micht be the auld ane.'

'Feel it and see.'

'Nae fear,' said Jockie. 'I'm comin doun.'

Bob and I were fair taen aback. And aa the time Jockie was sclimmin doun the tree Bob yokit on at him.

'Ye micht hae brocht us ane doun. If ye thocht the auld ane was there ye suld hae poued it oot. Dinna come doun again, Jockie. I wantit to see ane.'

'Haud yer tongue or Joe Dyer'll hear ye,' said Jockie. 'Rab, ye haena been keepin watch for me.'

I ran to the hedge, but aa was still clear, and I gaed back to the fute o the fir and stertit priggin at Jockie.

'I wantit to see a young squirrel tae, Jockie. What wey did ye no bring ane doun? G'on Jockie. Sclim up again and bring ane doun.'

'Come on hame,' he said.

But we wadna leave the tree, and I think he was fain himsell to fin oot juist what was in that nest, for efter a while he had anither look up at it. Syne his een traivelled doun the fir trunk.

'It's no a thick tree,' he said. 'It wadna tak that lang to saw it doun.'

'Joe Dyer wad kill ye,' said Bob.

'Ye wad hae to keep a guid look oot. Better than ye keepit the last time.'

'Whaur wad ye fin a saw?' said Bob.

'The big cross-cut frae Linmill wad gang through that fir in five meenits.'

'It wad mak a noise, though,' said Bob. 'They wad hear it as faur as Kirkfieldbank.'

'Havers,' said Jockie. 'They wadna hear it even at Kilbank. The wind's blawin this wey awa frae it. Bide here the pair o ye, and keep yer een skinned, and I'll rin doun to Linmill for the saw.'

Efter Jockie had gane we lookit up at the nest for a while, syne gaed to the hedge and lookit oot at Kilbank. Aa at ance

I saw auld Joe Dyer, wi his dug at his heel, makin his wey awa up the cairt track ahint Kilbank to the yett on the back road that led to the smiddy.

'Look, Bob,' I said, 'we'll be safe nou if we watch the smiddy road. He maun come that wey back.'

'I wish Jockie wad hurry,' said Bob.

He took a lang time comin back, and we were beginnin to think he had gien us baith up, and the nest tae, whan he creepit up at oor backs and gied a bowf. We lowpit as if we had been shot, and Jockie gied a lauch.

'A queer-like watch you twa keep. Auld Joe could hae haen ye baith wi nae bother.'

'But we hae been keepin watch,' said Bob, 'and we ken whaur he is. He's awa up the brae on to the smiddy road, and he canna come back withoot us seein him.'

'Guid,' said Jockie. 'You tak the ither end o the saw. You keep watch, Rab, and if ye dinna keep yer een skinned, and we're nabbit, it's the jeyl for us aa. You tae, mind. Come on, Bob. We'll hae to be quick.'

I gaed to the hedge and watchit the brae ahint Kilbank, and the yett at the heid o it, till I could gey nearly see them dooble. And aa the time the saw was gaun its dinger, makin a noise ye wad hae thocht they could hear on ilka ferm atween Lanark and Lesmahagow.

Mind ye, they had twa-three rests, and I could hear Jockie whiles tellin Bob to draw the saw and no push it, but in the end they maun hae won faur eneugh through, for there was a lood crack, and Jockie cried 'Rin!'.

I gat sic a fricht I hadna time to think, and juist cooried whaur I was, waitin for the tree to land on tap o me. But it didna. There was a crash, and syne anither, and whan I lookit roun the tree was leanin ower against twa ithers, wi the nest no that faur frae the grun.

'Can ye see onyane, Rab?' said Jockie.

'Na,' I said, efter lookin oot again.

'Watch weill, then,' said Jockie, 'till we pou the nest doun.'

I watchit for a wee while, and saw naething, syne couldna keep my curiosity ony langer, and turnt roun to see what the ither twa were daein wi the nest.

Jockie had poued the heid o the tree clear o the twa ithers, and the nest was juist aboot level wi his heid. He pat his haund in it.

'There's naething in it,' he said.

'Let me see,' said Bob, and pat his haund in.

'It's tuim,' he said. 'There were nae young anes in it at aa. Ye were a leear.'

'I wasna,' said Jockie. 'There was something warm and saft in it whan I pat my haund in up the tree. If it wasna young anes it was the auld ane, and she maun hae left the nest whan I gaed for the saw; and you twa were supposed to be watchin it, and didna see it. A bonnie pair o watchers you are. Aa that wark for naething.'

'It was Joe Dyer we were watchin for, Jockie,' I said, 'And we saw him, and watchit him oot o sicht.'

'There were twa o ye. Ane o ye could hae watchit the nest.'

'It wasna the nest ye telt us to watch,' said Bob, 'and onywey, the auld ane could hae left whan we were sawin doun the tree, for we werena watchin it then. But ye did say there were young anes. Ye can say what ye like.'

'I wad sweir there were young anes,' said Jockie, 'and I tell ye what. An auld squirrel can cairry young anes in her mou, like a cat wi kittlins. She wad cairry them awa whan we stertit sawin the tree, and she felt it trummlin. Ye're quite richt, Bob. We werena watchin.'

We lookit aa ower the trees for the young squirrels, but we fand naething, no even the auld squirrel itsell.

'I dinna believe there were ony young anes,' said Bob. 'Ye're a leear, Jockie.'

'We'd better win back to Linmill wi that saw,' said Jockie, 'and mind, baith o ye, no a word o this day's wark to a sowl. We wad be landit in jeyl for it.'

It wasna till then that I began to feel like a criminal. Afore that I had been ower keen to see the young squirrels. I had anither look at the yett on the smiddy road, and syne followed my cuisins wishin I had neir seen aither o them. Jockie was a bad ane, I had nae dout. I suld hae keepit oot o his wey.

We hid in the hedge by the Lesmahagow road, till Jockie

had haen a guid look up and doun it, syne we slippit across
to the Linmill yett, and had a look through it, to mak
shair there was naebody in the tap parks, or aboot the
closs mou.

We were luckie. Aa the wark was in the bottom parks
that day, and we saw Daft Sanny makin for the waal yett
on the Clyde road wi twa pails, and kent he was gaun for
a raik o watter. We had time to win doun to the auld byre,
whaur the saw was keepit, afore he won back.

Whan my cuisins had left for Linville, and I gaed in
for my tea, and my grannie askit whaur I had been, I telt
her a lee.

'I was up in Johnnie Moorcraft's park.'

'I hope ye didna gang near that shed o his. It's fou
o medicines he keeps for his sheep. They wad pousin
ye.'

'I was doun at the fute o the park, at the burn.'

'I'm gled ye didna faa in.'

I felt gey bad aboot tellin thae lees, but I was to feel a
lot waur afore aa was ower, for twa-three days later, whan
I had gey near forgotten the squirrel's nest athegither, my
grandfaither said at the table, whan we were sittin doun for
oor supper, that a tree had been cut doun in Joe Dyer's
plantin.

'Ye mean withoot his leave?' said my grannie.

'Ay.'

'Wha wad dae that?'

'Ye wad woner. It daesna mak sense, for they didna tak
it awa. Mind ye, they mebbe ettlet to tak it, but heard
someane comin afore they could trim it.'

'Did Joe hear them at it, then?'

'He hasna said sae.'

'They mebbe ettle to gang back for it yet.'

'They'll be catchit, then, for he's telt the polis.'

I gey near brocht up my supper. I felt terrible, thinkin
o what my mither wad say if I was taen awa to the jeyl. Or
my faither, for that maitter, or my grannie or grandfaither
themsells. What a disgrace!

'Has he nae idea wha did it at aa?' said my grannie.

'He thinks it was mebbe Davie Speedy. Davie's poached

that plantin for years, and Joe fair hates him. But I canna see Davie bein daft eneugh to cut doun a tree.'

'I wadna pit it past him,' said my grannie. 'He's been a neir-dae-weill aa his days.'

'But what guid wad that tree dae Davie Speedy? If he wantit it for timmer, it's the wrang time o the year. And he can get better firewuid faur nearer hame, doun at Clyde, wi naebody to stop him.'

'But wha else could hae dune it?'

'Heaven alane kens, but I hope it wasna Davie Speedy, or it's the jeyl for him. He's been catchit ower aften wi rabbits.'

For days I gaed aboot wonerin what I wad dae if the polis blamed Davie Speedy. It wadna be fair to let a man gang to jeyl for something he hadna dune, and Jockie and Bob wad hate me if I telt wha did it, and it wad be terrible to hae to gang to jeyl ane's sell.

I keepit hopin I wad meet Jockie and Bob, to see hou they felt aboot it, but they lay low for weeks.

In the end naething happened, and the very neist simmer, whan we had stertit to gang aboot the plantin again, I saw the tree still lyin whaur it had landit. It was beginnin to rot. Jockie said its loss wad dae the plantin nae hairm. The trees were ower close, he said, and needit thinnin oot.

But Davie Speedy micht hae gane to jeyl for it.

WHAN THE STRAWBERRIES were bye at Linmill, and the Donegals had left the barn bothy, there was aye a great blanket washin. For ordinar the Linmill washin was dune ilka week in the byre beyler-hoose, whaur there were twa big beylers for beylin neeps for the kye, but watter had to be cairrit up frae the waal for that, mebbe fower or five raiks. Hou mony raiks it wad hae taen to rinse the bothy blankets I dinna ken, but it wad hae rin into hunders, sae the back-end washin was dune aside Clyde, at the fute o the bottom orchard.

The day afore the washin, whan the weemen were cleanin oot the barn, takin doun the Donegals' airn beds and stackin them against the gable waa, and foldin the blankets into piles by the door, my grandfaither and Joe the Pole, ane o the daft men, cairtit the beyler-hoose beyns, and a muckle roun tinker's pat frae the cairt shed, and a bag o coal, doun through the bottom orchard to the bank-heid, whaur they had to be liftit oot and cairrit doun the bank to the Clyde. Syne my grandfaither biggit a place for a fire, wi flat stanes and cley, on a muckle ledge o rock aside the watter, and set the tinker's pat abune it, and aa was ready for the weemen in the mornin.

The weemen that came to the washin were the same that did the spring weedin, and poued grosets and currans and rasps in the simmer, and wed again at the back-end whan the Donegals had gane. They bade roun aboot, in Linville or Dublin or Kirkfieldbank, and were aye at haund for a job. But the weemen o the faimily turnt oot tae, amang them my minnie and my cuisin Mary.

The blanket washin was a grand ploy for me, for the weemen had their tea ootbye, and I was aye alloued to licht a wee fire o my ain, for the picnic kettle, sae the day efter my grandfaither cairtit the beyns doun to Clyde I was up and oot airly, eager to help. There were baskets o ham and cheese and jeelie pieces to be cairtit, and jugs o milk and bowls o sugar, and the kettle and the tea-pats, and I had to rin back and forrit twa-three times afore I had aa at the bank-heid.

The wey doun the bank was steep, and I wasna alloued to sclim it by mysell, sae I stude on the bank-heid and cried for my grandfaither, for I kent he had gane doun to licht the fire aneth the tinker's pat. The soond o the watter maun hae deived him, though, for he peyed nae heed, and gin it hadna been for twa o the weemen comin doun through the orchard wi a claes basket fou o bothy blankets, I micht hae cried for my grandfaither aa mornin. Whan they won wi their basket to the bank-heid I askit them to send him up.

The meenit the weemen left me I heard a skrech, and I kent they had tummlet doun the bank, and it was nae wonder, but I sune kent by their lauchin that they werena hurt, and afore lang my grandfaither was aside me.

'Hae ye lichtit the fire yet, grandfaither?'

'I dout sae, son, for I couldna wait, but it isna burnin very weill, sae ye'll hae to fin me mair kindlers.'

His kindlers had been wat. As sune as he liftit me doun to the bank-fute I ran to fin him dry anes. There was a cave aneth the bank, faurer doun ablow Tam Baxter's place, whaur the watter rase in spate and left its floatin rubbish ahint, and whan Clyde was laich again, on a dry day, there were lots o kindlers there, guid rotten anes, that ye could brek ower yer knee wi nae bother. Afore lang I had a pile o them aside the tinker's pat, and my grandfaither was biggin up the fire, blawin wi his braith and syne wavin his bannet, till the lowes were cracklin. Syne he laid on the coals, and filled the pat wi watter brocht frae Clyde in pails, and left me in chairge, for he and the daft men had ither wark to dae.

No, mind ye, that I was alloued to pit on mair coal. I had to warn ane of the weemen gin it burnt ower faur doun.

But for a while yet there were times wi nae weemen near, for they were gaun back and forrit for the bothy blankets, and I had aa to mysell. First I biggit my ain

wee fire for the picnic kettle, wi the stanes frae the edge
o a whirlie, and efter I had tried on the kettle and fund
it was steady, I gethert mair sticks for mysell. Syne I laid
oot the picnic baskets in a nait raw, alang a saft gressie
bank, and had a keek in some o them to see that there
were nae flees or hornie-golachs at the pieces. (I fand ae
wasp, but I didna let it daunt me. It had its feelers in
some thick strawberry jam, sae I fand a twig and gied it
a guid push, and what I saw that it was weill smoored I
liftit it oot, still wi the twig, and drount it in the whirlie.)
Syne I noticed that the sun was rising heicher in the
lift, and shinin ower the bank on the milk, sae I shiftit
the jugs close in to the bank-fute in case the milk wad
turn. I had gotten a row the year afore for lettin the
milk turn.

It was a while afore the weemen had aa the blankets at
Clyde, and I had wanert aff to look for hazel-nuits, and
was sclimmin a tree, whan I heard my grannie cryin for
the dipper.

The dipper was a kind o bowl thing wi a wuiden haunle
that was used for liftin the hot watter oot o the tinker's
pat. My grandfaither suld hae cairtit it doun wi the beyns.
I was sent awa back to Linmill to fetch it, and had to
sclim the bank mysell, for my grandfaither wasna there
to help me.

I tummlet back the first time I tried, and felt gey putten
oot, for aa the weemen could see me, but whan my minnie
said she wad help me I gied anither breinge, and won up
by mysell.

I ran back to Linmill like the wind. My grandfaither was
juist leavin the closs mou, wi a cairt-load o props for the
ploom-trees, but he drew in the horse whan he saw me
rinnin.

'What's wrang, Rab?' he cried.

'Ye forgot the dipper, grandfaither.'

'I did naething o the kind. Tell yer grannie ye'll fin it
aside the bag o coal.'

'But she was lookin aside the bag o coal.'

'Tell her to look again.'

I ran awa back doun the ferm road, and was crossin the

Clyde road at the waal yet whan I saw Tam Graham o the
Hawksland passin by in his cairt. He was my cuisin Mary's
jo. The pair o them walkit oot at ein on the Hinnie Muir,
and my grannie said it was time they were mairrit.

He saw me tae and drew up.

'Hullo, Rab,' he said. 'Are the Linmill folk at Clyde?'

'Ay. I'm in a hurry.'

'Juist bide a wee. I'll no keep ye. Is Mary there?'

'Ay.'

'Tell her I had to gang to the saw-mill for stobs, and I
winna be back till late. I canna see her the nicht. Tell her
whan ye can fin her by hersell. Dinna let ony o the ithers
hear ye.'

'Na.'

'That's a guid laddie.'

I ran awa and left him, kennin that my grannie wad be
waitin for the dipper.

Whan I won doun to the bank-heid again I cried doun
that I was back, sae that my minnie could keep an ee on
me when I sclam doun the bank, but naebody peyed ony
heed. I could see them aa doun ablow me, and there was my
grannie wi the dipper, liftin the hot watter frae the tinker's
pat into pails for the beyns. She had fund the dipper hersell,
efter aa.

Whan I won doun aside them I telt my grannie what my
grandfaither had said, and she juist lauched. The bag o coal
had faaen ower the dipper, and covert it, and she had missed
it the first time she lookit.

I tried to get my cuisin Mary by hersell, but she was sittin
wi Jenny Baxter o the Falls, anither o the young anes, at the
bank-fute. Sae I said naething yet.

Whan the beyns had been filled wi hot watter, and
the blankets were rubbit wi saip, the weemen stertit the
trampin. My grandfaither cam doun to the bank-heid frae
the orchard to speir at my grannie if she had fund the
dipper, and he was chased for his life, for weemen like
Mag MacPherson and Aggie Dougal wantit nae men aboot
to see their spindle shanks, and it was nae woner, for they
were gey droll.

The younger anes werena sae blate, though, and whan

they had kiltit up their coats they stertit to tease me, cryin
to me to come into the beyn aside them, but whan my
minnie saw that I was bashfou she had a word wi them,
syne askit me to show her whaur I was gaun to licht the
fire for the tea, and sat for a while till I had putten a match
to it, and filled the kettle.

She had gane back to help wi the trampin whan I mindit
my message for my cuisin Mary, and I saw her by hersell,
dryin her feet, for my minnie had taen her place, sae I gaed
up to her quait-like.

'Mary?'

'Hullo, Rab. What wey did ye no come into the beyn
wi us?'

She had been ane o warst o the teasers. I peyed nae
heed.

'I saw Tam Graham the nou, at the waal yett.'

She gied me a quick look.

'Is he there nou?'

'Na. He's awa to the saw-mill. He says he'll be late back.
He canna see ye the nicht.'

'Ye're makin it up. Ye didna see him at aa.'

'I did.'

'Whan ye were up there the nou?'

'Ay. He was passin in his cairt, gaun doun the Clyde.'

She sat for a wee while, disjaskit. I turnt to gang back
to my fire.

'Rab?'

I lookit roun.

'Dinna tell ony o the ithers ye saw him.'

'Na.'

'That's a guid laddie.'

I ran awa back to my fire. The kettle had slid aff the
stanes, and the watter was skailin oot ower the fire and
sizzlin amang the eizels. I had to fill the kettle and stert
the fire aa ower again. I was gled that my minnie was ower
thrang to notice.

Whan aa was weill again I lookit to see hou the washin
was gaun. The weemen had stertit the wringin. They paired
for the wringin, and ilka pair took a blanket atween them
and twistit it frae the ends, tichter and tichter, till the

sapples ran oot, whan they threw it into a beyn o clean
cauld watter to be trampit again. It took a lot a strength
to wring the sapples frae a blanket, and the younger anes
managed it best, though my grannie could haud her ain wi
ony o them.

My minnie and my cuisin Mary had gotten a blanket,
and stertit to wring, and aa the ither weemen stoppit wark
to watch them. The blanket twistit thinner and thinner, and
the sapples drappit into the beyn, but still my minnie and
Mary twistit, as if to see wha wad yield first. Then Jenny
Baxter o the Falls, a clip if eir there was ane, cried oot to
my cuisin.

'Gie her the creddle knot, Mary.'

I didna ken what it was aa aboot, but my cuisin screwed
up her face and tried to turn her neives, but my minnie was
quicker, and gat a twistin in afore her, and aa at ance the
blanket geid a lowp like a wild thing, and whan it strauchtent
again it had a kink in it, juist like a knot, at the end nearer
Mary.

There was a cheer frae the ither weemen, and a lot o
lauchin, and my minnie turnt to Jenny Baxter, fair joco.

'There's yer creddle knot,' she said.

But nane o the ithers peyed ony heed to Jenny Baxter.
They were aa teasin Mary.

'Sae that's the wey the wind blaws,' said ane.

'A bairn afore the year's oot,' said anither.

'Ye'll hae to tell Tam Graham to hurry up.'

I still didna ken what it was aa aboot, but I could see
that my cuisin Mary was nettlet, for as sune as she heard
Aggie Dougal liftin Tam Graham's name she lat flee with the
saipy blanket, usin it like a whip, and gied Aggie sic a crack
on the face wi it that she landit her back on her dowp. The
ithers aa roared wi lauchter, for Aggie was mair hummlet
nor hurt, but Mary didna jeyn in the fun. As sune as she
gat quat o the blanket she burst oot greitin, and turnt and
ran awa up the bank.

The weemen grew sober efter that, and gaed on wi the
washin, and had some o the blankets into claes baskets,
ready to be laid oot to dry on the gress aside the bottom
orchard, afore my minnie cam back, alane.

My grannie speired at her.

'Wad she no come back?'

'Na.'

Aa the ither weemen had stoppit their wark again, to listen to what my minnie wad say.

'Gae on wi yer wark,' cried grannie.

They gaed on wi the wringin o the rest o the blankets.

'Did ye ask her to come back?'

'Ay.'

'What did she say?'

'She juist ran awa. Still greitin.'

'There's something the maitter.'

'I dout sae.'

'Ay, weill, we'll fin oot sune eneuch. I think it's time we stoppit for tea.'

Whan the tea was made and haundit roun I sat wi my minnie. I wantit to fin oot whit was whaat.

'What's the creddle knot, minnie?'

'Oh, it was juist that knot ye saw in the blanket.'

'But what gart my cuisin Mary greit?'

'Weill, ye see, the knot was at her end, and that means that I twistit harder.'

'Sae you won?'

'Ay, juist.'

'But you wadna hae grutten if you had lost?'

'Na.'

'Then what gart Mary greit?'

'Naething. Drink yer tea.'

'What was it they said aboot Tam Graham?'

'Naething, I tell ye. Dae ye want a pancake?'

'Ay.'

'Ay what?'

'Thank ye.'

'That's better.'

'Minnie?'

'What is it?'

'Tam Graham's my cuisin Mary's jo.'

'Wha telt ye that?'

'My grannie says sae.'

'Whan did she say that?'

'She said it to you, ance.'

'She suld watch what she says fornent you. Ye're dribblin the jam.'

I lickit the jam aff my fingers.

'My grannie said it was time they were mairrit.'

'Wha?'

'Tam Graham and Mary.'

'If Mary has a bairn afore she's mairrit, it'll hae nae daddy.'

'What! Wha says Mary's gaun to hae a bairn?'

'Mag MacPherson.'

'She had nae richt to say a thing like that. Whan did she say that?'

'Whan Mary gat the creddle knot.'

'Oh that. Ye dinna pey ony attention to the like o that. It's juist a superstition.'

'What's that?'

'It's juist an auld idea wi nae truith in it.'

'What is?'

'The idea that the creddle knot brings ye a bairn.'

'Then what gart Mary greit?'

'I dinna ken. Mebbe because they were teasin her aboot Tam Graham.'

'Aggie Dougal said Tam Graham wad hae to hurry up.'

'Aggie Dougal suld mind her ain business. Feenish that pancake or ye'll be late for a biscuit.'

I feenished the pancake and took a biscuit.

'Minnie?'

'Ay?'

'I ken what gart Mary greit.'

'Oh ye dae, dae ye? And what was that?'

'She believes in the creddle knot.'

'Oh dae ye think sae?'

'Ay. Wad you no greit if ye thocht ye were gaun to hae a bairn afore ye had a daddy for it?'

My minnie had been lauchin at me, but aa at ance she grew gey solemn.

'I daursay I wad. It wadna be very nice, wad it?'

'Na.'

My grannie rase then, for aa the weemen had feenished.

'Gether aa the cups, Rab, and help yer mither to synd them.'

That was aa aboot the creddle knot that day, but Tam Graham maun hae heard o it, nae dout frae Mary hersell, for he mairrit her afore Christmas, and whan the bairn cam to the Hawksland, juist efter Easter, it didna want for a daddy.

IT WAS ANE O the aulder Baxter laddies at the Falls
that had the first sling aboot Linmill, and sune efter my
cuisin Jockie made ane, and syne Bob and I followed. Ye
cut a forkit ash stick oot o ane o the hedges, syne trimmed
it and made a notch roun the end o ilka fork. In the notch
ye rowed a string to haud a bit o guttie to ilka fork end,
and gin ye tied it ticht eneuch the guttie couldna slip. Syne
atween the twa bits o guttie ye tied a bit o leather, lang
eneuch and souple eneuch to fold ower a chuckie. And gin
ye held the stick in ae haund, and the leather wi the chuckie
in the ither, and poued the leather back till the guttie wad
streitch nae faurer, and syne lat it gang, the chuckie gaed
awa like a bullet.

As sune as Bob and I had gotten slings we followed Jockie
and the Baxters doun to Carlin, to gie them a try oot.

Carlin lay doun the watter frae Stanebyres Linn aboot
hauf a mile, whaur the banks wident oot, and Clyde itsell
was braid, wi a flat shore baith on the Nemphlar side and
on oor ain. It gat its name fraw a big rock aboot hauf
wey across, caaed the Carlin Stane, that my daddie said
a mermaid had sat on, kaimin her yella hair. He had read
it in an auld book o ballads.

Afore we gat the slings oor ploy aye at Carlin was to skite
across Clyde, and to dae that weill ye needit wee, thin, flat,
roun stanes the shape o a bawbee, but bigger. The idea
was to let flee in sic a wey that the stane didna turn when
it hit the watter, but cam aff it level, and bade level till it
hit the watter again, and sae on till it won to the ither side.
I ance did it in twenty-three skites, but guid stanes for the
job were gey ill to fin.

Efter we had gotten oor slings, though, we didna hae
to look for flat stanes, for the ploy then was to sling

roun chuckies at seagulls, and the Carlin shore had roun chuckies galore. The seagulls aye seemed to flee aboot the same heicht, and that was juist aboot the heicht ye could send a chuckie, and they flew up and doun the watter as if they were comin or gaun atween the far awa sea and the hills aboot Tintock; though young Tam Baxter said they had bye ordinar sicht, and frae up in the lift whaur they were fleein they were watchin for fish, and if they saw ony wad dive doun gin there was naebody watchin and catch them; and though I had whiles seen a seagull risin aff a stane in the watter, neir ance had I seen ane catch a fish, though I thocht he micht be richt for aa that.

Nou the ploy we had was to watch for a seagull fleein up or doun the watter, and whan it was richt ower oor heids to let flee wi a chuckie, and gin yer chuckie was juist the richt wecht for yer guttie, and the richt size for the fold in yer leather, and if ye poued it back juist the richt length, and didna foul it in the fork o yer stick on its wey awa, it had a chance o gaun heich eneuch to hit the seagull.

Maist o us, efter a bit o practice, could gar a chuckie flee heigh eneuch, but nane o us eir hit a seagull. It was fashious athegither, but they were that gleg that nae maitter how quait ye were, or hou hard ye tried to hide yersell aneth the fullyery o the birks, they aye saw yer chuckie on its wey up, and juist whan it was on the peynt o hittin them, and ye were shair they were for it, they wad jouk to ae side and flee on.

It was like the bats we used to let flee at, at the Linmill closs mou yett, whan it was growin daurk, and they were flitterin roun the rufes efter flees. Gin ye rowed yer stane in a white hankie they wad see it and gang straucht for it, and ye wad think ye had gotten them, but at the very last meenit they aye joukit to ae side.

There it was, then, the same wi the seagulls. I hae seen me spend a haill efternune doun at Carlin, frae denner-time till tea-time, and tuim a guernsey-fou o chuckies six times ower, withoot rufflin a seagull's feather.

There seemed juist naething ye could hit, and I grew desperate, and ae day efter I had left Jockie and Bob at the Falls road-end and was comin up the Linmill drive by the front gairden hedge, I saw a wheen wee birds joukin aboot amang the fullyery o the greengage tree, and I thocht I wad hae a try at hittin them.

I had a chuckie or twa in my pooch that I had brocht frae Carlin wi me, for on oor wey hame by the Falls walk we used to gang on tryin for seagulls, slingin the stanes awa oot ower the taps o the beeches that grew oot o the steep bank ablow us. We neir hit onything that wey aither, save ance whan Jockie nearly brained Tam Baxter at the fishin; but it was aye practice.

Onywey, whan I saw the wee birds in the greengage tree I took a chuckie frae my pooch, ane o the smaaest o them, and grippit it ticht in my sling leather, and creepit forrit to the hedge.

The birds I had seen were awa, but bye and bye a wee cock shuilfie hoppit alang a brainch, and syne held on to the trunk and pickit awa at something in the bark, and I liftit my sling and aimed, and poued the guttie back, and lat flee. I hit it, for I saw a flutter o feathers, and some floatin to the grun, and ablow them there was a steer amang the weeds. I ran for the front gairden yett and won through, and syne ower to the fute o the greengage, and lookit aboot.

At first I could see nocht, syne there was a bit steer in the weeds again, and I markit the place, and pairtit them, and fand the wee shuilfie.

It was still warm, but its een were ticht shut, and it didna move.

I held it for a while, hopin it wad move, but it didna.

It was deid.

I stertit to greit, syne thocht that if onyane cam bye they wad speir what was wrang, and I wad hae to tell them, and I didna want to, for I felt ashamed, sae I dichtit my een, and hid the shuilfie at the fute o the greengage, and lookit roun for a lowse divot.

Whan I had fund a big divot lowse eneuch to lift I made a hallie for the shuilfie, and laid it in, and turnt the divot back ower on it, and buried it. Syne I wonert what to dae wi my sling.

Gin it had been winter there wad hae been a fire in the byre beyler-hoose, but there were nae neeps beylt for the kye in simmer, sae I couldna burn it there; and I didna daur pit it in the kitchen fire, or my grannie wad speir what I was daein that for, and her efter giein me sixpence for the guttie; and there was nae ither fire at that time, for the strawberries werena juist ripe, and the Donegals hadna come yet to bide in the barn and beyl tea on the cairt-shed stove.

Then I had an idea. On the green at the front gairden yett, fornent the hoose front door, there was an auld stane troch, and aside it some muckle stane flags, that covert an auld tuim waal. There were chinks atween some o the flags, and through them ye could see black space, and we whiles played at pittin chuckies through the chinks to hear them hittin the sides o the waal on their wey doun to the bottom.

I fand a chink big eneuch, and drappit my sling through it, and I heard it hit the waal sides twice, and syne heard nae mair.

Whan Jockie and Bob askit what I had dune wi my sling I said I had lost it, and I didna gang wi them to Carlin, but played aa my lane, till ae day my minnie cam oot o the hoose front door whan I was sittin kind o dowie by the front gairden yett, and askit wad I gang doun to the waal orchard, and help her pou some grosets.

I didna like pouin grosets, for they scartit yer haunds till the bluid ran, but the anes in the waal orchard were the first o the year, and sweet as hinnie, sae I said I wad gang, and took her haund.

We hadna gotten richt through the waal yett ablow the Clyde road when my minnie tichtent her grip.

'Look,' she said.

She peyntit to the fute o the hedge atween the Linmill grun and Tam Baxter's, and syne gaed forrit, and sat doun on her hunkers.

I did the same.

It was a wee nest o moss and feathers, and ither things forbye, for ye could mak oot bits o wool, and horse hairs; and it had five wee scuddies in it, bare and blin ilka ane o them, but aa gowpin wide wi their beaks for meat.

'Come awa back and let their mither feed them,' said

my minnie. 'Listen to her. She kens we're lookin at the
nest, and she's distressed. Come awa back or she'll desert
them.'

We hurried doun the pad to the turn at the waal, whaur
we thocht we could watch withoot her seein us.

The auld bird gaed on chackerin, though, alang the hedge
frae the nests and wadna gang near it, syne anither cam
alang, wi a wee green caterpillar in its beak, and was makin
for the nest, when it drapt it, and flew alang the hedge wi
the ither, chackerin tae.

'That's the faither,' said my minnie.

It was a shuilfie, a cock like the ane I had killed wi
my sling.

'Daes the faither help to feed the scuddies tae?' I askit.

'Oh ay,' said my minnie.

'Wad the scuddies sterve wi nae faither to help the mither
to feed them?'

'I dinna ken. They wad gang gey hungry, I dout, for
I haena ance yet seen a scuddie that wasna gowpin aye for
meat like it was juist at its last gasp. Ye wad think they
juist couldna get eneuch.'

The twa shuilfies were creepin nearer us nou, still
chackerin.

'Minnie, I think we're fashin them. Could we no juist
gang richt oot o sicht and pou the grosets?'

'Ay,' said my minnie, 'it wad be better, I daursay.'

Whan we were at the grosets I keepit thinkin o the
shuilfie I had killed. Wad there be a nest in the front
gairden, mebbe, wi scuddies in it hungry, because I had
killed their daddie?

'Rab?' said my minnie.

'Ay?'

'Dinna tell ony o the ither laddies aboot that nest I
showed ye. Some o them micht tak the scuddies oot, and
hurt them. I'm no sayin they wad ettle ony hairm, but
they micht haud them ower ticht and squeeze them, or
mebbe keep them oot ower lang and chill them. Sae dinna
say ocht.'

'Na,' I said, fair chockin, for I had a gey job to keep
frae greitin, I can tell ye, and I nearly telt my minnie the

haill story there and then, but I couldna think to brek her very hairt.

Bye and bye we feenished pouin the grosets, and walkit back to the hoose, and as sune as we won to the front door I left her, and gaed straucht to the front gairden, and lay juist inside the yett and watchit, and in the end I saw what I was lookin for, a hen shuilfie aye gaun into the hedge no faur frae the greengage tree. And I lay low and watchit ilka day, and neir saw mair nor the ae bird gang into that bit o the hedge, and ance when she flew oot o the front gairden athegither I had a quick look in the hedge and saw the nest, and there were scuddies in it, mebbe fower or five, but I couldna be shair, for I didna want the hen to fin me there whan she cam back, and mebbe desert them, sae I didna daur risk a guid look. But I did keep an ee on it frae my hidie-hole inside the yett, amang some black curran busses, and aa seemed to be gaun weill wi it, for nae dugs or cats gaed near it, and the hen keepit thrang, and though I whiles wished I could think o some wey o helpin her to gether meat, and couldna, I had nae dout that afore lang aa her scuddies wad be fleein.

But the day cam whan my curiosity gat the better o me again. The hen had gane richt oot the front gairden and ower the hoose rufe, sae I creepit ower to the nest for a bit keek inside, and there were the scuddies, aa stertin to feather, and gowpin for meat like gluttons.

There seemed to be juist three o them, and though I hadna managed a richt coont the first time I had seen them, I had thocht there were mair.

They were gey restless, raxin up wi their beaks that faur whiles that they fell back down ower their wilkies, and had to struggle ower on to their feet again, wi the ithers on tap o them, sae I coontit them again to make shair.

There were three and nae mair.

I was thinkin it was time I was hidin again when I gat a glent o something no juist as it sud be in the hedge ablow the nest, and when I took a richt look my wame turnt.

Aboot a fute ablow the nest, catchit by ae fute in the thorns, and hingin heid doun wi its legs apairt, was a wee scuddie, deid. And it had been deid for a while, puir thing, for it hadna stertit to feather, like the leivin anes abune it, and it was turning black.

I tried to tell mysell that it had mebbe been ower greedy for meat, and had leaned ower faur oot whan it heard its minnie comin, and tummlet that wey, but it was mebbe mair likely, and this I couldna deny, that the hen hadna been able to feed mair nor three, and had cowpit it oot. For my minnie had telt me ance that willie-waggies whiles cowpit their ain scuddies oot, gin a gowk laid an egg in their nest. It took them aa their time to feed the young gowk, she said, and they dinna think it worthwhile to feed their ain scuddies, for they were sae wee aside the young gowk that they thocht they were backward.

Onywey, there it was, a wee deid scuddie hingin heid doun in the thorns aboot a fute ablow the nest, that micht hae been leivin gin I hadna killed its daddie. And mebbe there were ithers. Ae ither onywey. For I was shair nou that there had been five the first time I had lookit.

I didna gang on lookin, though. The ae deid scuddie was eneuch.

FORBYE MY GRANDFAITHER at Linmill, that was my minnie's faither, I had ane at Lanark, that was my daddie's. He was a beylie, my Lanark grandfaither, and a maister dyker—they say he biggit aa the dykes on Tintock —but I haurdly saw him save on the Saubbath, whan I was taen to Lanark to the Congregational Kirk, and there he was the precentor. Sae I can haurdly mind him no weirin Saubbath blacks, and a white stairched dickie, staunin up fornent the Congregational poupit, facin the choir, wi a gey solemn look on his face, and a wee black stick in his haund, conductin the singin.

He wasna content juist to serve the kirk himsell. His haill faimily had to help. My uncle Geordie gaed roun wi the collection box, my daddie and minnie sang in the choir, and my aunt Lizzie played the organ, watchin my grandfaither's wee black stick in a lookin-gless fastent aside the music rack.

But that wasna aa. The organ was ane o thae auld-farrant kind that had to be pumpit, to gie it air, and I did the pumpin, wi a lang haunle stickin oot o the side o it, ahint a green curtain.

I was alloued to bide in ahint the curtain aa through the service, save at sermon time, whan I had to come oot and sit richt in ablow the poupit cushion, facin oot, opposite my grandfaither; and he glowered at me aye whan I grew restless, as I whiles did, for the meenister gat whiles cairrit awa, and forgot aboot denner-time.

Ae day, whan my daddie and minnie had gotten up to the Bluimgait in guid time to staun by the kirk door and hae a bit crack afore gaun inbye—and that was bye the ordinar, for it was a gey trauchle aa the wey frae Linmill and we were nearly aye late and oot o braith—onywey

ae day, whan we were in time for a bit crack at the kirk
door, my aunt Lizzie telt me they were gaun to hae the
communion, and I had to bide on in the kirk for it, and
no leave whan she had played the second voluntary.

I telt her I didna ken what the communion was but she
said it didna maitter, syne I askit if there wad be a sermon
at the communion and wad I hae to sit oot in front for it,
and she said there wad be a sermon afore it, as on ony ither
Saubbath, and I wad hae to sit oot for that, but efter the
service was ower, and she had played the voluntary, to gie
the bairns time to leave, I was to bide ahint my curtain and
no come oot till she telt me.

I askit what wey the bairns had to leave and she said it
was because they werena auld eneuch for the communion:
it was for growen ups, and I wasna to keek through my wee
hole in the curtain aither, for it gart the curtain move, and
the folk could see it, and it was a disgrace. I was to sit still
and juist listen, and be ready to pump the organ whan it
needit air for the singin. I wad hear the meenister makin
the announcements.

Syne the bell stertit to ring, and I was taen awa in, and
on my wey up to the front I saw that the table atween the
poupit and the choir, that had flouers on it for ordinar, was
covert wi a white claith, and there were twa siller dishes on
it covert wi table naipkins, and something else forbye, but
afore I could mak up my mind what it was I was in ahint
the curtain, pumpin the organ for the first voluntary.

I kent my wey through the service by this time and I
listent whan the intimations cam, and shair eneuch the
meenister said there wad be communion at the end o the
service for members o the denomination, and wad ony
that werena able to tak pairt please leave wi the young
anes.

I felt gey prood that I was alloued to bide in, and I could
haurdly contain mysell for the rest o the service, waitin to
see what the communion wad be like.

I dout I maun hae been gey impatient, for they said
efterwards at denner-time that the sermon had been short,
but I hadna thocht sae, for there had been whiles whan I
had lutten my braith oot wi a weary souch, and had fund

my grandfaither glowerin at me; and he had a gey glower, I can tell ye.

But the sermon was ower at last, and the service tae, and syne the voluntary, and I could haurdly keep my ee frae that curtain.

The bother was that though there was a wee hole in it, that the laddie afore me had made for keekin oot o, it was whiles no whaur ye could use it, for the curtain was hung on a brass rail, wi rings, and as ye poued it open and shut ye cheynged the folds, and gin the wee hole gat into a fold ye couldna see through it withoot pouin the curtain straucht, and that moved it, and folk could see it, and kent ye werena behaving yersell.

And that day o aa days the wee hole was in a fold.

The meenister announced a hymn, though, and I had to pump for a while, and while I was pumpin, hopin aabody wad hae their een on my grandfaither's wee black stick, I moved the curtain wi my shouther, hopin it wad cheynge the folds, and the wee hole wad be cleared.

It wasna. I could still see naething.

I had juist to jalouse what was happenin, frae what I could hear, and it was aboot the last supper, and hou Christ askit his disciples to tak breid and wine, efter he had gaen, to mind him by, and whan he brak the breid he said it was his body, and whan he took the cup he said the wine was his bluid, and syne the meenister said the congregation wad tak the breid and wine, efter him, and I couldna help it: I moved the curtain and keekit, and saw my uncle Geordie and Yuill the jeweller haundin roun trays wi wee glesses o wine on them, and siller dishes wi wee squares o breid. And the folk ate the breid and drank the wine, lookin gey solemn, and I felt feart I wad be fund oot keekin, and took my ee frae the hole.

Aa the wey up frae the kirk to my Lanark grannie's at the Gusset Hoose for denner I was terrified my grandfaither had seen the curtain movin, but as sune as he had said grace he stertit to his soup, withoot as muckle as speirin what the meenister's text had been, a thing bye the ordinar. And a guid thing tae, for in my curiosity aboot the communion I had forgotten to keep mind o it, and gin he had askit I

wadna hae been able to tell him, and my denner wad hae
been speylt, as it gey aften was at the Gusset Hoose, if no
ower the meenister's text, then ower some ither maitter.

Nou efter denner on the Saubbath my daddie and my
minnie, and for ordinar my aunt Lizzie tae, took a walk to
Saint Kentigern's kirkyaird, to read aa the faimily heidstanes,
syne efter tea my aunt Lizzie took me back to the kirk for the
Sunday-schule. But that Saubbath it was different. My aunt
Lizzie said she wad hae to gang doun to the kirk richt awa, to
redd up efter the communion, and I wad hae to gang wi her,
for she wadna manage back for me afore the Sunday-schule
stertit.

Sae efter denner doun the Waalgait we gaed, insteid o
up the loch road to the kirkyaird, and whan we had won
doun the Bluimgait to the kirk we gaed in by the back
door, and there aside a sink in the scullery neist to the
Sunday-schule room were the twa siller dishes, and the
trays wi the wee glesses, that had held the breid and wine
for the communion.

The trays took my ee richt awa. They were made o
polished aik wuid, wi holes for the wee glesses, and ilka
tray had fower siller legs, that fittit into hallies in the ane
ablow, sae that ye could staun them ane ower the ither
withoot pittin ony wecht on the glesses, and the tray at
the bottom had a lang siller haunle, that gaed ower the
haill set, sae that a man could cairry it in ae haund, and
hae the ither free for haundin the trays oot.

My aunt Lizzie had putten a kettle on a gas ring and was
takin the trays apairt whan I noticed that ane or twa o the
glesses in the tray second frae the bottom were brimmin fou;
and in the bottom tray there wasna a single gless tuim.

'There's some wine left ower,' I said.

'Ay,' said my aunt Lizzie, 'there's aye aboot twa tray-fous
left ower. Ye canna aye be shair hou mony are comin, and
there wad be a fair todae if folk cam and there was nae
wine for them.'

'What are ye gaun to dae wi it?'

'I aye juist drink it, to get redd o it. It wad be a fair skiddle
tryin to pit it back in the bottle. You can help me.'

'To drink it?'

'Ay.'

I could haurdly believe my ears. I didna juist ken hou it was, but I kent I daurtna touch it.

'I dinna want to drink it, aunt Lizzie.'

'What wey no? It'll dae ye nae hairm. It's no the kind o wine that maks ye fou. Yer grannie maks it at the Gushet Hoose wi essence frae the chemist's. See. Look. Ye wadna fin me takin it gin it was drink.'

And wi that she tuimed ane o the glesses ower her thrapple.

'Dinna dae it, aunt Lizzie,' I said. 'It's no richt.'

'What's wrang wi it?'

'I dinna ken. But it's no richt.'

'What gars ye think that?'

'I dinna ken.'

'Ye suld ken what gars ye think a thing's no richt.'

'It was the meenister.'

'What aboot him?'

'What he said.'

'Whan?'

'At the communion.'

'What did he say?'

'Aboot the breid and wine.'

'What?'

'He said the breid was the body, and the wine was the bluid. Dinna drink it, aunt Lizzie.'

'I drank it at the communion.'

'Dinna drink it here.'

'What wey no?'

'I dinna ken.'

'There can be nae hairm in it.'

'It's no richt.'

'What's wrang wi it?'

'I dinna ken.'

'Ye keep sayin "I dinna ken". What am I to dae wi it, gin we dinna drink it. Pour it doun the sink?'

'Na.'

'Sae that's wrong tae, is it?'

'Ay.'

'Then what am I to dae wi it?'

There was juist the ae thing I could think o, though that didna seem richt aither.

'Pit it back in the bottle.'

'It's ower muckle o a skiddle, and it's no worth keepin. See here, gin ye winna let me drink it it's gaun doun the sink, and this is the last time I'll bring ye here whan I hae this job to dae.'

And wi that she poured the wine doun the sink, in a tizzie.

It wasna like my auntie, that, and she gat waur whan she was washin the glesses, and brak ane.

'This is aa your faut,' she said.

I couldna think what had come ower her, save mebbe that she was beginning to feel vext that she had poured the wine doun the sink. But she feenished washin the glesses, and dried them, and pat them back in the trays, and syne pat the haill set awa in a press in the Sunday-schule room.

Syne she turnt to the twa siller dishes that had held the breid.

There was some o that left tae, and she gied me a look, but said naething, and rowed it in ane o the table naipkins, and laid it on the sink-brod, and gied the dishes a dicht, and pat them awa tae, in the Sunda-schule press, and lockit it.

Syne she cam back to the bit scullery and foldit the table naipkins, and pat them in a basket wi the tuim wine bottle. But the naipkin wi the breid she didna touch.

'Hae ye forgotten the naipkin wi the breid in it, aunt Lizzie?'

'Na, I haena,' she yappit. 'Juist you mind yer ain business. Here's Mr Yuill to tak the Sunday-schule.'

And shair eneuch Yuill the jeweller was there, the Sunday-schule superintendent, and in a wee while ane or twa teachers cam forrit, friends o aunt Lizzie's, and the bairns themsells, and we were aa thrang for an hour recitin the texts we had been gien to learn aff by hairt frae wee coloured cairds; and listenin to stories frae the Bible. Lichtbody the lawyer's wife was my teacher, and she telt us the story o Lot's wife, that lookit back at Sodom, and was turnt into a pillar o saut.

The classes were nearly aa dune and we were waitin for the

Sunday-schule to skail whan I saw my aunt Lizzie through
the winnock, shakin a naipkin into the manse hen-ree, and
there were the wee squares o communion breid, inside the
ree, being focht ower by the meenister's hens.

She gied a quick look ower her shouther at the kirk back
door, foldit the naipkin, and syne disappeared frae sicht;
though it wasna lang afore she had slippit back into the
Sunday-schule, showin nae sign o the naipkin, and was
sittin aside her class again till Yuill the jeweller feenished
his story – he aye took twice as lang as ony o the weemen
– and rase up to lowsen us wi a prayer.

I jeyned my aunt Lizzie to gang back up to the Gusset
Hoose for oor tea. She hadna the basket.

'Hae ye forgotten the basket, aunt Lizzie?'

'I'll get the basket the morn. Ye dinna cairry baskets on
the Saubbath.'

'I saw ye feedin the breid to the meenister's hens.'

'Ye suld hae been peyin mair attention to yer lessons.'

'My lessons were dune.'

'What story did ye hae?'

'Lot's wife.'

'Can ye mind it in case yer grandfaither asks ye aboot
it?'

'Ay.'

We turnt into the Waalgait frae the Cross.

'Rab?'

'What?'

'Dinna mention to yer grandfaither that I drank ony o
that communion wine. Dae ye promise?'

'Wad my grandfaither be angry?'

'Oh I dinna ken that. But he micht. Dae ye promise no
to mention it?'

'Aa richt. Wad he be angry gin he kent ye had fed the
breid to the meenister's hens?'

'What wey suld he be angry aboot that?'

'I dinna ken.'

'Ye think he suld, though?'

'I dinna ken.'

'There ye are again. Ye dinna ken. What was wrang wi
feedin the breid to the meenister's hens?'

'It was the communion breid.'

'And what aboot it?'

'It wasna richt.'

'What daes the like o you ken aboot it?'

'I juist ken. Ye said there was naething wrang wi drinkin the wine aither, but ye dinna want my grandfaither to ken aboot that.'

She was quait efter that till we cam to the pavement at the Gusset Hoose back door.

'Rab?'

'What?'

'Mebbe ye'd better no mention what I did wi the breid.'

'I kent it was wrang.'

'Weill, mebbe. And ye winna say I drank ony o the wine? Promise.'

'Aa richt.'

'That's a guid laddie.'

Aa through the tea I was feart to meet my grandfaither's een, in case he wad jalouse that I kent something I was forbidden to tell him. And that ein on oor wey hame to Linmill efter the kirk skailed there was a flash of lichtnin, juist ahint Lanark gasworks, syne a rummle o thunder, and an onding o heavy rain, and a storm cam on for the rest o the nicht, and we were drookit, and I couldna help thinkin o the fire and brunstane that the Lord had rained on Sodom and Gomorrah, and I thocht o Lot's wife, that the Lord had turnt into a pillar o saut.

And efter aa that, as sune as I gaed to sleep, I had a terrible dream, wi God sittin up in heaven lookin juist like my grandfaither, in his Saubbath blacks and white stairched dickie, and his brous were drawn doun in a maist fearsome glower, and his een were borin into me, and I kent it was because he had been watchin whan I was at the back o the kirk wi my aunt Lizzie, and she had flung oot the breid and the wine.

It was a while efter that afore I could feel shair he wasna gaun to turn her into a pillar o saut.

CLYDESIDE WAS BONNIE at maist times o the year, but neir bonnier than in the spring, whan the grun aneth the trees and roun the bottoms o the berry busses was black and clean efter the winter delvin. The flourish cam afore the fullyery was thick, and through the trees ye could still mak oot the parks risin ahint them frae the holms by the watter-side, covered wi raws o groset and curran busses, and rasp canes and strawberry beds, rinnin this wey in ae plot, and that in anither, aye wi the lie o the grun, sae that aa was pitten to the best use, and there was haurdly a neuk or crannie that didna growe its share. It was trig, I can tell ye, and whan the sun was bricht and flingin lang thin shaddas ower the fresh yird, whan the blackies and mavies were singin frae the taps o the peirs, and the hinnie-bees thrang among the plooms and aipples, it was winsome forbye, and heidy wi the scent o the flourish. Clydeside, said my daddie, was the gairden o Scotland. He had read it in a book.

Ither folk had read that tae, it seemed, for ilka Setterday whan the flourish was oot the haill stretch o road atween Dalserf and Kirkfieldbank was a lang procession o fower-in-haund brakes, fou o folk frae the reikie touns that lay faurer doun the Watter, the feck o them frae Glesca itsell.

Efter the brakes left Hazelbank on their wey up the Watter they had a brae or twa to sclim afore they cam to Stanebyres Linn, whaur they stoppit at the Falls Hoose to watter the horses, and let the passengers gang doun the made walks in the beech-wuids to look at the Linn. The steyest o thae braes was the last ane, atween the Black Brig and the Falls Hoose itsell, and there the horses had to gang at a walk, pouin hard on the brechams wi their heids doun, and shovin wi their hin legs like mad; and a laddie rinnin alangside could juist aboot keep up wi them, gin he had rowth o pech and a stoot pair o legs.

On thae Setterdays whan the flourish was oot the laddies aboot the Falls used to gether at the Black Brig, and whan the brakes had eased to a walk they shouted 'Staun on my heid for a penny!' and whan they had stude on their heids they rase and ran efter the brakes, priggin at the passengers for siller. And the passengers whiles werena blate, and there was mony a spendin-spree later on, at the Falls Hoose, in Martha Baxter's shop.

I was taen doun to the Black Brig ae Setterday by Martha Baxter's laddie Tam, but I couldna staun on my heid, and it was fashious. I grew fain to learn, and stertit to practise. I was at it ae day aside the big stane troch that stude fornent the Linmill front door whan my grandfaither cam oot through the front-gairden yett and saw me tummlin ower my wilkies.

'What's that ye're daein, Rab?'

'Trying to staun on my heid.'

'What dae ye want to dae that for?'

I didna tell him the haill truith for I thocht that if he kent he micht tell me no to gang near the brakes on the Setterday, for he was aye tellin me to keep awa frae horses.

'I juist want to learn. The ither laddies can dae it.'

'Try again, then, and I'll haud yer feet.'

Efter haudin my feet for a while, and waitin till he thocht I had gotten my balance, he wad lowse his grip, and though I whiles tummlet at first, in the end I could keep up for lang eneuch. My bother efter that was to get my feet up and keep them up withoot his haund to steady them. I wantit him to keep on helpin me till I had learnt the knack o it, but he couldna spare the time.

'Practise against a waa.'

For the rest o the week I did juist that, and by Friday nicht I fair fancit mysell. I could haurdly wait for the mornin, thinkin o the siller I micht earn.

It was a braw day that Setterday, bricht and dry, and I kent there wad be brakes bye the ordinar, for the flourish was juist at its heicht. I wasna pleased, though, whan I won to the Falls Hoose, to fin that young Tam Baxter was wi his big brithers; and what was waur, whan we had won doun to the Black Brig, we fand a lot o bigger laddies still, some frae as faur awa as Kirkfieldbank. And aa were efter siller aff the brakes. I felt frae the stert that I wadna dae weill that day.

And I was richt. When the first brake cam I tried to staun on my heid wi the ithers, but the grushie rid road was a sicht harder on the heid than the gress fornent the Linmill front door, and as sune as I felt the pain o a shairp stane cuttin into my croun I tummlet richt doun in a heap. By that time the ither laddies were up and rinnin, and pennies were jinglin on the road, sae I ran tae, but my legs were ower short. Lang afore I eir won near a penny some ither laddie had gotten it.

I fell ahint and could hae grutten, but hope grew again at ance. Anither brake cam alang, and syne anither. And young Tam Baxter had a plan.

'Haud back, Rab. Let they brakes gang. Whan the ithers hae rin efter them we'll be left aa by oorsells.'

He was richt. Afore inither fower had passed we were alane by the brig.

There was a gey lang wait afore anither brake cam alang, and I was feart the ither laddies wad be at the Falls Hoose and back afore it won forrit, but win forrit it did, and Tam shouted 'Staun on my heid for a penny!'

We baith stude on oor heids, and this time I did it on the gress at the side o the road, and it didna hurt my heid, and I managed to keep my balance. I had neir dune it better.

I did it ower weill, to tell the truith, for afore I was feenished and had stertit to chase the brake it was gey near roun the bend and oot o sicht. I gaed efter it as hard as I could, though, and began to catch up on it, and the passengers lauched and cheered me on, and a leddy in a braw big hat wi an ostrich feather in it threw me a penny, but it landit at Tam Baxter's feet, and he played grab at it afore I could win near it. It wasna fair, for he had gotten a penny or twa already, and there was a yell frae the folk in the brake, and the leddy cried shame on him.

I had stoppit and was gaun to fecht Tam Baxter for

my penny, whan I heard anither cry frae the leddy in the brake.

'Come on, little boy. Here's a sixpence.'

A sixpence!

I ran efter the brake again, but this time I couldna catch up wi it. I hadna the pech. Tam Baxter won aheid o me, and I fell faurer and faurer ahint him.

The leddy in the brake cried oot to him.

'It isn't for you. It's for the little boy with the red hair. Come on, little boy.'

But my legs had gane dwaibly. I could haurdly bide on my feet. And though she threw the sixpence as hard as she could it landit faur short o me, and Tam Baxter turnt roun to gang for it.

I gaed for Tam Baxter, though he was bigger nor me, and we were rowin in the road fechtin like twa cats whan some o the bigger laddies cam back doun the road frae the brakes that had gane on aheid. Ane o them gat my sixpence, a muckle hauflin by the name o Wull MacPherson, and there was anither yell frae the brake, and I could see the leddy in the big hat staunin up and shakin her umbrella, and cryin something I couldna mak oot, and that was the end o her, for the brake gaed oot o sicht roun the second bend.

I was faur ower wee to fecht Wull MacPherson, sae I sat doun and grat in the sheuch. Twa mair brakes passed whan I was sittin there, and I could hear the ither laddies rinnin, and the passengers cryin them on, and pennies jinglin on the road again, but I peyed nae heed.

I was tryin to think o a wey o gettin a passin brake to mysell. I thocht o gaun doun bye the Black Brig to the brae abune Hazelbank, but it was a lang wey awa, and for aa I kent there wad be Hazelbank laddies there, and I wad be nae better aff. And I could think o nae brae up the Watter frae the Falls Hoose till the road won ower the Kirkfieldbank brig, and that was a mile awa and mair.

I made up my mind juist to gang hame to Linmill and fin my grandfaither, then I mindit him tellin my grannie in the morning that he wad be sprayin the orange pippins, and I kent he wadna let me near him, for the sulphur he used gaed aa ower the place in a drizzle, and ruint yer claes.

I was roused oot o my dwam by a commotion doun the road by the brig. The laddies were chauntin a rhyme. It was ane they used whan the folk in a brake wadna gie them onything, and it made the folk mad, for it caaed them Glesca keelies.

'The Glesca keelies are no very wyce,
They bake their scones wi bugs and mice,
And efter that they skin the cat,
And pit it in the pail pat.'

The chaunt had hardly deed doun whan the brake cam forrit and drew alangside me.

Here was a brake to mysell, but the folk in it wad be in nae mood to fling pennies to me, I thocht, sae I juist sat still.

The brake was fou o men in flat skippit bunnets, sae I kent they werena gentry, for the gentry wore hats. Puir sowls, mebbe they couldna afford to fling pennies awa.

Then ane o them saw me.

'Can ye no staun on yer heid, laddie?'

I didna like his mainner.

'I can staun on my heid fine.'

'Ye can nut.'

'I can sut.'

'Let's see ye.'

I wasna gaun to be thocht a leear, sae I tried to staun on my heid, but I was ower eager, and the gress at the side o the sheuch was gey coorse and I gat a thorn in ane o my haunds. Whaneir I felt the jag I gaed richt ower my wilkies, and what was waur, I landit in the sheuch. By the time I had won oot o it the brake was on its wey roun the bend, wi the men in it lauchin their heids aff.

It took me aa my time no to cry the rhyme efter them.

I didna, though. I stertit up the road on my wey hame. Twa ither brakes passed me afore I cam to the Falls Hoose, but I peyed nae heed, no even what I was askit by a man in the second ane if I couldna staun on my heid. He was weirin a flat bannet, like the ane that had askit me afore, and I juist gied him a glower, and slowed down to let the brake pass me quicker.

I won up to Martha Baxter's shop without a maik in my

pooch, and it was gey ill to thole, efter aa the siller I had heard jinglin on the road that day, and the sixpence that suld hae been mine. I made up my mind to tell my cousin Jockie aboot big Wull MacPherson, and ask Jockie to gie him a hammerin. But that didna mak it easier to pass the shop winnock.

There were aboot seiven brakes staunin atween the Falls yett and the Linmill road-end, maist o them tuim, wi their passengers doun seein the Linn, and the coachmen watterin the horses. But ae brake in the raw was ready to leave, wi its passengers aa in their places, and as I was walkin bye the coachman strauchtent up by the fore-haund leader's heid wi twa pails in his haunds.

'Here, laddie, I want awa. Tek thae twa pails back to Tam Baxter.'

Anither coachman heard him and gied a bit lauch.

'The laddie's ower wee. They wad trail alang the grun.'

'Na, na. Here, son. We'll pit ae pail inside the ither. Like that, see. Nou pit yer airms roun them.'

I could dae naething else, though it was gey akward, for I could haurdly see abune them to mak shair whaur I was gaun. But I grippit them ticht and made for auld Tam's stable, that lay through the yett and roun at the back o the hoose. The coachman hadna promised me onything, and he wad be awa afore I could win back, but I was shair Tam wad tell Martha to gie me a sweetie.

I had juist gotten to the Falls yett, and was keekin doun by my feet to save me frae faain, for the graivel was gey coorse there, whan I bumpit into someane. I lookit up and saw twa-three men, weirin hats, and a leddy, my leddy, the ane in the hat wi the big braid brim and the ostrich feather.

'It's the little boy who didn't get his sixpence.'

Ane o the men stude and lookit doun ower his wame at me.

'He seems to have found a more useful way of earning some pocket money. Are you helping with the horses, young man?'

'Aye. A coachman gied me thae twa pails to tak to Tam Baxter.'

The leddy lookit gey doutfu.

'They're far too heavy for a little boy like you.'

'They're no heavy at aa. I could cairry twice the wecht.'

'I hope the coachman gave you something to yourself?'

'Na, but Tam'll mebbe tell Martha to gie me a sweetie. She keeps the shop.'

The man bent his brous.

'The coachman gave you nothing for carrying these pails?'

'Na.'

'Bounder.'

I didna ken what that was, but the leddy had opened her purse again.

'Poor little chap. He seems to be having bad luck. Little boy, here's your sixpence: the one you didn't get for standing on your head.'

I pat oot my haund for the sixpence and the pails fell, for my left airm didna gang faur eneugh roun them, and the rim o the bottom ane landit on my taes, and the pain drew tears to my een. But I screwed up my mou and tholed it, and the men wi the leddy pickit up my pails and pat them back in my airms again, ance the sixpence was safe in my pooch, and watched me till I had won roun to the door o Tam's stable, and syne waved me guid-bye. I had to pit the pails doun to wave back to them, and whan I couldna pick them up again they lauched, sae I juist waved till they turnt and gaed awa, and syne poued the pails alang the grun.

There were a wheen coachmen at the spiggot in the stable, aa waitin for watter, and Tam was short o pails. When he saw me he was pleased, I can tell ye.

'Ye're juist in time, Rab. I was needin thae pails.'

He pat ane o the pails ablow the spiggot and stertit to fill it.

'Wha gied ye them?'

'A coachman.'

'The lazy deil. He suld hae brocht them back himself. Did ye fetch them aa the wey in frae the road?'

'Ay.'

'Did the coachman gie ye onything for yersell?'

'Na.'

'Shame on him. But awa into the hoose, son, and ask Martha to gie ye a sweetie frae the shop.'

I was comin oot through the shop front door whan I met
young Tam. Ye wadna hae thocht he could look me in the
ee, efter stealin that penny o mine, and tryin to steal my
sixpence, but he took me by the airm and poued me ower
aside his big brither Alec.

'Tell him, Rab. Tell him aboot Wull MacPherson stealin
yer sixpence.'

I telt him, withoot saying that Tam had tried to steal it
himsell. Then I saw what he was efter. Wull MacPherson
was comin forrit to the shop.

The twa brithers gaed up to Wull MacPherson, wi me
ahint them.

'I want that sixpence ye took frae Lizzie Hannah's Rab.'

'I didna tak it frae ony Rab. I took it aff the road. It was
flung oot o a brake.'

Young Tam spak then.

'The leddy said the sixpence was for Rab.'

'I didna ken that.'

'Ye ken nou,' said big Alec. 'Ower wi it.'

Wull MacPherson stertit to struggle.

'I'll haud him, Tam,' said big Alec to his brither. 'You
rype his pooches.'

He held him while Tam rypit his pooches.

'Tak sixpence,' said big Alec, 'and pit the rest back.'

Tam did what he was telt.

'Nou gie Rab his sixpence.'

I didna feel very safe, wi Wull MacPherson hingin aboot,
and I wasna juist shair that I had a richt to the sixpence,
sin the leddy had gien me anither, but I needna hae fasht,
for Tam had an idea o his ain.

'Are ye no gaun to shair it, Rab? Ye wadna hae gatten
it gin it hadna been for us.'

It was the truith, and I couldna gainsay it. I took them
baith into their mither's ain shop and stude my haund, and
it was juist as weill, for whan I won oot again, wi a luckie-bag
and a sugarally strap, there was big Wull MacPherson wi his
ee on me. I ran back in for big Alec.

'Wull MacPherson's waitin for me. Will ye see me doun
to the Linmill road-end?'

Whan Wull saw that I had the Baxters at my back he

slank awa ahint o the brakes, and I won the road-end wi nae bother.

Afore I gaed into the hoose I hid my luckie-bag in the byre beyler-hoose, and ate the sugarally strap; but my grannie was ower gleg for me.

'What's that black stuff roun yer gub? Sugarally again? I thocht I telt ye no to eat trash. Whaur did ye get it?'

I had to tell her the haill story, though I said naething aboot the sixpence still in my pooch.

She gaed on at me till supper-time, caain me a cadger, and said that if she heard o me staunin on my heid on the Falls Brae again she wad tell my mither. And she did tell my grandfaither, and he yokit on to me tae, and sad I wad be rin ower yet, aye rinnin aboot amang horses' legs, and gin he had kent what I wantit to learn to staun on my heid for he wad hae wastit nae time on me, and him ahint wi the sprayin. Syne my grannie caaed him a big sumph, for no jalousin what I was efter, wantin to learn to staun on my heid, and the pair o them cast oot, and we had a gey grim supper.

By the time I had a chance to slip the sixpence into my bank I had lost aa pleisure in it, and I neir gied near the Falls Brae again.

ROBERT MCLELLAN READINGS
ON AUDIO-CASSETTE

A recording on audio-cassette (050) of the author reading four of these Linmill Stories ('The Pownie', 'The Mennans', 'The Donegals' and 'The Saubbath') is available from Scotstoun Recordings, 13 Ashton Road, Hillhead, Glasgow, GI2 8SP, Scotland at £5.00 (UK): £6.50 overseas.

Glossary

airt, direction

auld-farrant, old-fashioned

baggies, trout fry

beikin, basking

beyn, broad tub

birrell, (policeman's) whistle

blate, shy, different

brake, public carriage

brecham, horse-collar

brod, board

bumper, field roller

by the ordinar, unusual

cadger, beggar; hawker

caivie, coop

caller, fresh

cantie, cheerful

chap, knock

claes beetle, wooden laundry tool

cleiks, hooks

clip, pert creature

clockin, broody (hen)

closs, courtyard

clype, to tell tales

crack, conversation

crazie, sunbonnet

cuttie, short tobacco pipe

daffin, fooling around

dicht, wipe

dickie, detachable shirt-front or
   collar

disjaskit, downcast

dottles, pipe ashes

dowie, sad, dismal

dwaibly, wobbly, weak

dwam, daydream

eizle, ember

ettle, to try, intend

fash, to bother

fashious, bothersome

forfochen, exhausted

fornent, in front of

flaes, fleas

flourish, blossom

fullyery, foliage

fushion, strength

gallus, bold, cocky

gant, yawn

gar, to cause to

ginnle, to catch by the gills

gowk, cuckoo; fool

groset, gooseberry

grumpie, pig

grush, gravel, grit

gullie, pocket knife

guttie, rubber

gyte, mad, enraged

haet, a jot

hain, save

halflin, teenager

hallie, a hollow

hap, to cover; a covering

haud the bannets, to act as
   umpire, arbitrate

herry, to raid

heuk, sickle

hornie-golach, earwig

Hunt-a-Gowk, April Fool

jalouse, to guess, figure out

joco, cheerful, jocose

jouks (up my), into concealment

kail, vegetable (cabbage) broth

kimmer, wifie, gossip

lether, ladder

lift, sky

linn, river cataract, gorge

lown, low, peaceful

lowsin (time), end of the working day

lufe, palm of the hand

maik, mate, close friend; halfpenny

mennans, minnows

minnie, mum

mishanter, mishap

mouls, broken earth

neive, fist

pad, path

park, field

pat, pot

pechin, panting

peenie, pinafore; tummy

peerie, spinning-top

peesweeps, lapwings

perjink, neat, prim

plantin, tree plantation

plenishing, furnishing

press, large cupboard

prig, to entreat, importune

raiks, fillings

rax, to reach, strain

ree, (coal) yard

reikie, smoky

saft souther, to wangle friendship

sclim, to climb, clamber

scuddie, fledgling

sheltie, (Shetland) small pony

sheuch, ditch

shuilfie, chaffinch

shunkie, privy

skail, to disperse

skaith, harm

smeik, fumes from burning

smoored, smothered, covered

sneck, latch

soor dook, buttermilk

speuggie, sparrow

steer, hectic activity

steidin, farm outbuilding

steik, stitch

stey, sleep

stob, fencepost

stour, dust

sugarally, liquorice

sumph, simpleton

swee, iron arm for hanging kettles over fire

syb, related to

syne, to swill or wash out

taen on wi, impressed by

taigle, to hinder

tair, a joke

tid, humour, mood

tod, fox

thole, to endure, suffer

thrang, busy

trams, shafts of a cart

trig, neatly arranged; well turned-out

trystin, meeting with

tuim, empty

waal, a well

wame, belly

ware, to spend

waur, worse

wilkies (ower your), head over heels

willie-waggie, wagtail

wud, mad

yett, gate

yird, earth; garden

yokit on to, set upon with words